文芸社セレクション

こまった犬さん　はい

前川　タエ

文芸社

目次

第一章　誕生のころ

榧《かや》の木が、風にざわざわと枝をおよがせている。その大きな榧の木を背に私の生家、松葉家が建っている。この家は、大正十三年生まれの繁兄さんが生まれる十年前とい うからおそらく大正三年（一九一四年）頃に七日市の宮大工さんによって建てられたと聞いている。そのためだろうか、大屋根のひさしの下にある等間隔の垂木のいくつかは雲の形に形作られて薄い水色だったのを今もはっきり覚えている。

瓦葺の屋根で二階建て、一階には八畳の仏壇の間と、六畳の奥の間、四畳半の玄関の間の奥に六畳の寝間がありその間に箱階段がある。仏間と玄関の間から外にむかって縁側がある。そこに莚を広げて豆やさつまいもを干したり、手伝いに来てくれたおばさんたちがお昼の後、横になったりした。私のママゴトの場所でもあった。夜には毎晩雨戸を閉め、朝になると学校へ行く前に姉のツルちゃんが拭き掃除をしていた。私は玄関まわりの担当だった。箱階段の側面は引出しや引き戸の付いた物入れになっていた。階段の天井は二階との間を横に引く戸があり、その戸を引くと、二階へは入

屋は床の部屋で右の部屋は四畳半の畳の部屋で代々子供達の勉強部屋になっていた。
た。この床の間には引き戸の付いた物入れも付いていた。階段を上がってすぐ左の部
れないようになる。二階は天井が低く八畳の部屋と床の間の付いた六畳の客間があっ

この自分史を書く頃には、この四畳半の畳敷きの部屋は物置になって山のような引き出物や贈答品が置かれていた。その頃、私の娘が姉のツルちゃんと、この部屋に入った事を最近になって話してくれた。娘がその薄暗い部屋に入ってあたりを見回すと、右手の黒い板壁にルノアールの少女の絵が貼ってあるのを見つけたそうだ。「あれ、何ってツル子おばちゃんに聞いたら、あんたのお母ちゃんが貼ったんや、『少女の友』から切り抜いてな、って言うとったよ。あれから二十年も経つけど今もあるんやろか」と言う。毎月楽しみだった『少女の友』、大好きだったルノアール。考えるとそれを貼ったのは六十年も七十年も前の話で全く覚えていない。私も娘もそのルノアールを確かめたくなった。もう兄は亡くなりその息子達は遠方に住んで、この家には新しい住人が住んでいた。迷ったけれど、無理を言って二階へ上げてもらった。なつかしい箱階段を登り階段の最上階から四畳半の部屋へ。板壁とほとんど同じような色の二人の少女の絵が壁と一体となってそのままそこに残っていた。

一階の広い土間の真ん中に大きな竈《かまど》があって長い煙突が、真黒に煤びた大屋根に突きでていた。煙出しの小屋根がついていてそこから青空が見えたりした。台所である。天井は高くて煤で真っ黒である。夏には畳干しと共に、長い柄のついた煤竹を二、三本束ねた箒で煤払いをした。竈にはご飯を炊く羽釜と煮物を作る羽釜、その横に小ぶりで深い羽釜がありお湯を沸かして寒い冬はそこからお湯を汲んで流しで使っていた。まだ水道がなかったので、台所の横には水がめがあり、外の井戸から樋を渡してそこへ水を流し入れて溜めた水を炊事に使っていた。お風呂にも同じ井戸からこの樋を差し替えて湯船に水を流せるようにした。樋は太い孟宗竹を縦半分にわり、中の節を刳り抜いて作られていた。松葉のたけ藪には孟宗竹は無かったので、大谷家の竹藪のを使わせてもらったのだろう。井戸のポンプを押すのは子供達が順番でやった。

台所には土間から約五十センチの高さの六畳の間があり、その間の一畳分は板が張ってあって、そこへ大きな鍋を三つ程竈からおろし、そのまわりへ銘々のお膳をならべ正座して食事をしたが、母だけは土間に椅子を置いて食事中も台所から配膳できるように板の間に置かれた膳に向かって食事した。木の箱で出来た両親のお膳は、蓋を開け裏返すとお盆のような小さな食台になり、食べ終わった後は洗った食器を入れて蓋をして保管することが出来た。子供達のお膳は二本の枕木のような台が付いていて、そこには模様が彫られていた。正座して膝まであるかないかの高さだった。食べ終わったら重ねて食器棚に片付けた。

土間に接してお風呂があり土間から四十センチくらいの高さに脱衣場兼仕事場の板の間があった。この板の間の一部分の床板を半分くらい壁の方へ上げると下に米をつく唐臼がとりつけられていた。また、この仕事場から梯子をかけて父や兄達は二階の狭いスペースに炭俵を上げたり降ろしたりした。三十袋余りあっただろうか。炭袋を保管するのに丁度良い間であった。脱衣場とこの仕事場は一つの部屋だったので、木の衝立を置いて目隠しと衣紋かけの代わりに使っていた。台所の竈とお風呂の間に焚き物が用意されていて、お風呂のお湯を沸かしたりご飯を炊いたりするのに使うことが出来た。

玄関は六〜七畳くらいの土間だ。玄関を入って正面には腰掛けられる縁台が土間の端から端まで作りつけられており、下は引き戸の付いた物入れになっていて、下駄や靴をしまっていた。この縁台と大黒柱は欅の木で作られいつもピカピカに磨き上げられていた。母はいつも家を綺麗にしていたため、「松葉の家は黒光りしとるなあ」とよく言われた。

玄関の外ではうさぎを数羽と雄鶏一羽、雌鶏を三～四羽飼っていた。うさぎは小屋の中にいたが雄鶏は朝早くから鳴いて喧しく、雌鶏は卵を産んでくれたが畑の中を歩き回っていた。ある日母が「最近、卵を産まなくなった」と言ったが、何故産まなくなったのか、すぐわかった。私達は飼料小屋で卵を見つけたことがあった。そして、小屋にはほし草が沢山立てかけてあり、その間で雌鶏を見たこともあったし、畑で見たこともあった。雌鶏は鳥小屋ではなく産みたいところで卵を産んでいたのだった。

この主屋左奥に白壁の土蔵があり、これに接して中二階の納屋と大きな便所が同じ棟だった。この蔵と納屋の間には焚き物を作れる空き地があった。父はここで沢山の木を切り、小さな屋根の付いた納屋の壁いっぱいに焚き物を積み上げた。台所にも近いので母は料理やお風呂を焚く時、すぐ取りに行くことができた。納屋は壁を挟んで、片側は戸のないトイレがあった。もう片側は畑で働いてくれる牛の小屋になっており、一部は半二階になって、そこには農機具などが置かれていた。

そして主屋の右側には、蚕室と呼ばれる二階建ての納屋が建っている。二階は板間の物置で、一階は土間でまわり廊下がついていた。一階の土間には木でできた蚕棚があり、藁が敷かれその中に蚕さんを飼っていた。冬は寒いので火鉢をいくつか置いて部屋を暖めた。時々、父の手伝いをして蔵に保管してあった桑の葉を蚕さんに与えた。

その手伝いの合間に蚕さんを手に取って腕に這わせては「可愛いなぁ」と思っていた。蚕さんが繭になると父はそれを養蚕協会へ持って行ってお金に換えてきた。時々絹糸を持ち帰り、母や義姉が機を織って反物にした。家事、育児、農業の合間では一反仕上げるにはかなりの時間がかかった。出来上がった反物は誰かの着物になった。普段着には木綿の着物なので、この絹の着物は特別の日のためのものとなった。この家の裏には大きな榧の木が屋根にかぶさるように空高く広く枝を広げて生えていた。

昭和九年十一月吉日、この家に女の子が誕生した。割合と平均的な体格で母親に似て色白だ。私、タエである。父松葉賢太郎、母ひさの、の六番目の子として生まれた。タエという名前は本当は「妙子」とつけられる筈だったのに、戸籍はタエとなっていた。その説明は両親からいっさい聞かされていない。父が二キロの田舎道を、ガタゴトと自転車を走らせる間に、忘れ去ってしまったのか、それとも役場の役員のいいかげんさのためなのか、何れにしても、きっと大勢の兄弟の中の女の子はもうどうでもよかったのだろう。後に、ふさ子姉さんは、父が役場へ行く時「『妙子』やでな」と言ってやったのに、行く道で忘れて「タエ」になってしまった、と言っていた。私が生まれたとき十五歳だった長姉の言うことだから、そうだったのかもしれない。

父の仕事は農林業だった。五十町歩の山林と一町歩の田畑を所有しているので、毎日百姓や山仕事をしていた。畑ではいろんな物を作っていた。白菜、牛蒡、里芋、大根、じゃがいも、玉ねぎ、人参、インゲン豆、大麦、小麦など。大豆は田んぼの畦道で作っていたので、私達は「畦豆」と呼んでいた。大豆は挽いてきな粉にし、お餅につけたり、豆を炒っておやつにして食べた。また大豆をお豆腐屋さんに持って行ってお豆腐に交換してもらい、家族みんなで食べることもあった。畑の隅にほおずきが成ったので、柔らかくなるまで手で揉んで中身をだしてから、口に含んで音を鳴らして遊んだ。山林や田畑の財産は先代の元次郎、私の祖父がコツコツと働いて築きあげたものと聞かされている。

三重県飯高郡桑原村拾八番屋敷といわれた明治の初めの頃である。この桑原村にいつ頃から先祖が住みついたのかわからない。多くの人は、この辺一帯は平家の落武者が流れついて農民となり住みついた人達だといわれているが、平家の落武者は全国どこにでもいると聞いている。箱階段には戸棚や引出しがたくさんつくられていて、一番下の大きな引出しは父の書類入れだった。そこに「飯高郡桑原村」の朱印が入っていた。明治になって常会長と改められた頃、庄屋の家から引き継いだのだろうか。

私が六歳の春、三月三日雛祭りの日だった。桑原の寺が火事になった。その頃小学校では来年度の入学児童を雛祭りに招待する行事があり、私も姉らにつれられて二キロ離れた小学校へ行っていた。雛祭りがはじまってまもなく、桑原の寺が火事だとの知らせが入り、その日は風が強く、二キロ離れた校庭にまで灰が散ってきたのか、それとも本物の雪だったのか、記憶はさだかではないが、男の子達が「灰だ、雪だ」と飛び跳ねていた。とにかく急いで家へ帰ると、母が炊き出しのおにぎりを差し出してくれた。父は檀家総代を務めていたから、真黒になって消火に当たったが、火のまわりが早くて、手のほどこしようがなかった。煙突が落ちたそうである。火事の夜、父は何回も焼け跡を見まわりにいっていた。母や姉達は恐ろしさと淋しさで眠れない。御先祖様の霊が迷い出てくるようで、村人達は心経をとなえて、疲れた一夜を過ごしたのだ。この頃、過去帳はお寺へ預けていたのですべてが灰になったと、父が嘆いていた。当時の住職は、吉田格外という九州の人で、奥さんは名古屋生まれ、この方も尼の資格を持っていた。格子さんという一人娘がいて私より一歳年上だった。その後、寺は再建されて格子さんが小学校を卒業するまで桑原にいた。それからの桑原は無住職寺となってしまい葬式や仏事の際は隣村等から和尚さんを雇ってきて済ませている。

桑原からまだ奥に月出村がある。月出の上平家より祖母が嫁に来ている。現在（昭和六十年頃）月出は「村おこし」の一環として「月出の里」とし民宿を開き、季節毎にイベントを計画して近隣や市町村に呼びかけている。この上平家から四代続いて嫁や養女にきていると聞いたから、その頃より確実にこの桑原に先祖は住んでいた。

曾祖父、伊吉の次男で長蔵という人がいた。明治三十五年に奈良県吉野郡四郷村へ養子に出ている。清水栄次郎次女なみの養子となったのがいつごろか、また何故かわからないが桑原へ帰り実家の近くへ家を建て移り住んだ。また伊吉の三男勘三郎は明治八年に出生して三十一歳で死亡している。伊吉の弟與市は天保十三年に生まれ、大正三年に死去しているが生涯を独身ですごしている。家督を引き継げる長男でもないし、生活が苦しくて妻子を養う力がなかったのだろうか、農民故に。父は與市のことを「よいおじ」勘三郎のことを「かんおじ」と呼んだ。彼等は二人共独身で一生を松葉家で過ごした。この叔父らの仕事は農業の手伝いと、木地師といって材木を伐採し、それで木のしゃもじを作って庄屋へ納め賃金をもらっていた。そのしゃもじは、お粥をよそう時に使われたので、今で言うお玉のようなものだ。ご飯は今と同じような平たいしゃもじを使っていた。叔父達は奈良へ作り方を習いに行ったらしい。現在（昭和六十年頃）飯高町の森に唯一人、その道具を全部揃えてしゃもじづくりの技術を覚えている人がいる。飯高町郷土史の貴重な存在となっている。その道具の一部が私の家の板間の下戸棚に入っていて、父に子供の頃、「これでしゃもじを作ったんや、大事にしとかなあかん」と説明してもらったのを覚えている。

父賢太郎は、弟伊三郎、武造、幸太郎の男四人で幸太郎は二歳で死亡している。女の子が居《い》なくて淋しいといって、祖母ひさは自分の妹を養女としてもらい育てている。上平丹蔵の七女、えいである。母は「おえいさん」と呼んでいた。祖母はえいを養女とした後にみさえを授かった。

母、ひさのは川保村富永の田中信太郎の長女である。大正九年、父のもとへ嫁ぎ八人の子（一人は幼い頃死亡）を産み育てながら、その合間は農業、養蚕と生涯を働き通して、六十二歳で、この世を去った。私が二十二歳で弟和郎は高校生だった。きっとこの二人を気にしながら没したものと思う。

さて、昭和九年頃は世界的な不景気風が荒れくるっていたようだ。大学を出しても、今のようにさまざまな大学が乱立して、大学生が大量生産されているわけでもないのに、就職口がなかなかみつからなかったそうである。

祖父、祖母はすでに亡くなり、両親と兄妹五人の居るそんな中で、六人目の女の子の私は、隣の中野家のおばあさんにとりあげてもらった。つまり「とりあげばあさん」といってお産婆さんの代役をしてもらったのである。少し器用でやさしくて、それでいて肝っ玉のある年配の人だったのだろう。産婆の免許を持った人もなく、医者も遠くて、居ても専門外の先生だったのかもしれない。

「ひさのさん、女の子や、五体揃って満足や、よかった、よかった」と言って産湯を使ってくれたそうだ。五人の兄妹達は玄関の外で並んで待っていたそうである。その兄姉達の注目を浴びて、赤い初着の中で「オギャーオギャー」と泣いたっけ。きっと。その夜も榧の木は、サワサワサワと優しくゆれていたと思われる。まるで子守唄のように。

第二章　両親、祖父母のこと

平成元年九月、父の二十三回忌と母の三十三回忌が同時に、桑原にある実家の松葉で兄弟姉妹が集まって行われた。しかし兄や姉達は誰も両親のことを話さなかった。それほど両親は遠い過去の人になっている。それに実家の主婦である義姉が悪い病気になり、またも入院をひかえているようすと、その病名を皆心中で感じながら言葉に出せないでいる。この現実の方が強かった。しかし私の胸の奥では両親の面影が思い出されていた。

明治二十三年六月一日、父賢太郎は、祖父元次郎の長男として誕生した。父は両親の他、叔父や男衆、女衆と大勢の家族に囲まれて、質素ながらも大切に育てられた。その地区の小学校が二キロ離れた大字加波にあり、父は紺絣の着物を着て、風呂敷に教科書、ソロバンを包んで、土道をわら草履をはいて歩いて通学した。その頃の義務教育は六年生までで、桑原では上の学校へ行く生徒は誰もおらず、父も卒業してその後、実家の農林業をついだ。桑原で一番早く自転車を買ってもらい、それに乗って隣字へ芝居を見に行ったり、盆踊りに行ったりしたという。

「ドサッ、ドサッ」屋蔭へ草の束が下ろされる音は、もうお昼ご飯だという知らせと同じで、私には喜びの音だ。父が柿の木平から草刈りをしてその帰り荷として、オーコの先に草束を突きさし肩の前後にかついで運んできたのだ。柿の木平は桑原区の草山が北部の山頂から下の方へと広がり、山腹の上層部は斜面となって日が良く当たり草が茂っていた。各家毎に所有地がありその境界は山道や、まばらに残された雑木で示されていた。夏草は背丈よりも高く伸びていた。それを太平洋戦争で人手をなくした父は、一人で刈り大きな束にしてわずかな平地に、五束から十束ずつを寄せて立てかけておいた。そして冬になって乾いた草束を子供から大人まで総出で、田や畑へ運び肥料や敷草とした。四つ上の姉、ツルちゃんは父を手伝って学校へ行く前にその束を運んでいた。体中汗だらけの父に「どうしてこんな草刈って、重いのに運んできたん」と聞くと、「これは牛に踏ませたり、食べさせたりするんや」ときげんのよい時は説明してくれた。踏ませるとは草と牛の排泄物を混ぜたら肥料が出来るのである。しかし大抵はむっと黙っていた。疲れと空腹のせいだったのだろう。桑原区の区長や森林組合の理事をしていた父は、戦争中に高見峠へ自動車道をつけることになり、銭高組が請け負ったものの、村役場から労働力の要請があると、率先して出かけなければいけなかった。現在のように土木建設の機械もなく、銭高組がつれて来た囚人達の労務によって奈良県へ通じる道が建設された。父はよくこの作業は厳しかったと話していた。若い頃の父はすごく恐かった。そして父の食膳にはいつも美味しいものがのっていた。家族はみんな父を尊敬していたし、家長には一番いいものを一番始めに差し出す。家長とはそれだけ、仕事もしたし責任もあった。

私が小学校三年生くらいの時、トントントンと階段を降りて一番下へ来たとたん「本を踏むやつがあるか」と父の叱り声がとんで来た。何故そんなところに教科書が置いてあったのかわからない。食事の食べ残しも許されなかった。ご飯粒一つもこぼしてはならなかった。太平洋戦争がおわり物価の上昇と共に建築のために木材が急速に必要とされ、材木景気が訪れた。父は材木が高値で売れる毎に「御先祖様のお蔭だ」と仏様に手を合わせていた。先祖のお蔭で大勢の子の学資や、結婚資金に当てることが出来た。桑原では頂点に立つ父ではあったが、ライバルもあれば尊敬する人もいた。「新やん」という同年輩の人とは馬が合わず、派手ないさかいこそしなかったが常々嫌っていた。性格の相違だったのだろう。

父は母を嫁にもらう前に、川保村富永まで誰かに連れってもらって、母を覗き見に行ったそうである。その姿を思うとおかしいがこれがいわゆる見合いだった。母は丁度里芋を食べていたという。働き者の娘はきっと食欲も旺盛だったのだろう。鼻筋の通った端正な顔立ちをしてハンサムだった父は、仲人に「働き者だ」と勧められて母をもらうことにしたようである。

川保村富永に福本という小字がある。この福本で明治二十九年一月四日に母ひさのは田中信太郎としやうの長女として生まれた。母には三つ年上の兄正太郎と四つ年下の弟駒次郎、その三つ下に幸生、さらにその三つ下に章治と男の子が続き、一番下にあさと言う名の妹がいたが、十九歳で他界した。また、母が二十一歳の時、母の母しやうが四十五歳で亡くなり、子供たちは祖父母にも育てられたそうである。

母ひさのは小学校四年で学業を終えて、夏は家業の野良仕事や山林の掃除、冬はお針を習っていた。母は決して美人ではない。しかしおとなしくて、主人を尊敬し、何事も主人の一歩後からついてゆくという明治の女大学の方針を、両親や祖父母から仕込まれて真面目に努力していたようだ。母の嫁入り道具は、和ダンス、整理ダンス、長持ち、針箱、鏡台、行李、つづらとその頃（大正九年五月）にしては立派なものだった。それに加えて琵琶と大正琴があり、その上花嫁のかんざし一切が母の父、祖父によって買い揃えられた。べっ甲の花かんざしや櫛、角隠しや元結等を母は大切に宝物のようにしていた。そして、これらのものをくれた祖父に心から感謝していた。母は二十四歳で和歌山街道、別名紀州街道を人力車に乗って輿入れした。そしてその後の里帰りは歩くことが多かった。やがて長女が生まれ、その長女が一歳の頃何かで里帰りをした。子供を乳母車にのせて三キロ離れた乙栗子まで行き、そこの道端の家へ乳母車をあずけて、大定峠を越えれば、国道ばかりゆくよりも近道である。そのとき何故がいつもよりだるく感じられたが里帰りの嬉しさで、そう気にもとめず急な山道を登り歩きつづけた。ある程度登れば、山の尾根伝いのようになって、道が平らになり見晴らしもよく気分爽快である。しかし何分にも子供をおんぶしているので足も重く、息も切れ切れに歩いていると、向こうから来る実家の祖父の姿が目に入った。祖父も孫ひさのとひ孫の姿を見て飛ぶようにかけ寄り、孫娘の背からひ孫を抱きあげて、再会を喜びあった。母にとってこの時の嬉しさは忘れられないようで、峠での祖父との対面シーンは涙のこぼれそうな思い出話になっている。

現代のように交通機関が発達しておらず、電話もない時代のこと、子を持つ親の気持ちがひしひしと胸に迫る思いである。峠に登りかけた頃の身体の気だるさは、当時この地方を襲った流行性感冒で、母は病床に伏す身となった。しかし運よく実家にいたので祖母の手厚い看病のもとに一命をとりとめることが出来た。当時、この地方では多くの人が命を落としたという。一九二一年、今思えばスペイン風邪だったのかもしれない。それがもとでか、病弱となりながらも大勢の子を生み、また百姓仕事や冬の針仕事に励んでいた。

私が覚えている母はいつも何か仕事をしていた。働き虫の母もほんの一時だが、少しだけ好きなことをしていた時期があった。『家の光』という雑誌を夜床に就く前に、暗い電灯の下に立って、一、二頁読むのである。母は昭和三十一年三月二十八日、六十一歳の生涯を閉じた。

祖父の写真がある。六十歳くらいの頃の写真である。目をしっかりみひらいて頭は禿げ上がっている。真面目にこつこつ働き松葉の財を成した人らしく木綿の着物を着ている。働いて金をため、田や山林を買った。また売り山が出れば隣字の田中本家(現在もある財閥)に借金をして買い、返済のためまた働いたという。松葉にとってはいわゆる中興の祖である。波瀬神社に松葉元次郎の名が石柱にその寄付金の全額と共に彫られて建っている。この祖父から預かった財産を父はしっかり守り長男に譲った。父は母よりも十年長生きをした。母に先立たれて淋しかっただろうけど、私と弟を結婚させ、世帯を長男に譲ってからは気楽な老後を送った。義姉に支えられて、老人会に入り、踊りをしたり旅行に行ったりして、仏様のような好好爺だった。桑原の道路で交通事故があればそれを悼んで、そのそばに地蔵さんを建てたりした。私が嫁入りした後、松阪市へ一人で出かけたことがある。バスに乗って三時間程かかるが、ちょうど父も松阪へ来ていて、帰りのバスでいっしょになった。まだ車の普及していない頃で、バスが満員だったので一足早く乗り込んで父の席をとってやった。その時の父の喜びようは大変だった。「タエがわしの席をとってくれたんや」と大きな声で知人達に話し、立ち上がって後ろの席の人にも言っていた。そのとき父は七十歳過ぎだったろうか。私は恥ずかしくて父をたしなめたりしたが心の隅ではよかったと思った。こんな小さなことだったが父への親孝行の唯一のものだった。

「親孝行したい時には親はなし」、本当にその通りである。

第三章　幼児期と故郷

大字桑原の大谷川（オヤガワ）、これは月出川の一部分の地名であるが、そこに農業用のダムがあり、そこから二キロ下流地域にある加波地区の用水路がひかれていた。松葉の下あたりを松川へ行く途中の土手を流れていた。幅が広いところで一メートル近くあり、狭いところはコンクリートで塗られて五十センチくらいのところもあった。冬の間は水を通さないので壊れかけた場所があり春、四月に加波地区の人達が補修工事をして水を通した。

私達は待っていたとばかり、「いぜに水が流れたなぁ」兄姉の誰となくそう言って目をきらめかせた。笹舟を流して競争したり、メダカをすくったりした。夏になると私は姉や兄達が松川で泳いでいる間、このいぜで遊んだ。水底の地面は赤土でたたきつけられており、そこへ手をついても丁度首から上が水面の上へ出るからおぼれる心配もなく、また水の流れもゆるやかだった。岩ころもなく幼児にはもってこいの遊び場だった。泳いだ後、黄色いセーラー衿のワンピースに着替えた。色白の私にはよく似合った。このワンピースは、山田（伊勢市）の日赤病院で看護婦をしている、ぬい姉さんが買ってくれたものだ。ぬい姉さんは上から二番目の姉さんで美人でやさしい人だった。松阪市の女学校を卒業後、日赤の看護婦となり、太平洋戦争中は従軍看護婦として活躍した。

私は兄姉七人の内、下から二番目で四女だ。弟は年が少し離れていたから、私は兄や姉達に大事にされた。ある日、家中でお寺参りをした。その帰り一足先に帰って私は兄さん達を驚かしてやろうと玄関にかくれた。「ワァ！」と飛び出したら、何と郵便配達夫だった。配達さんもおどろいたが、おどかした私の方もびっくりした。言葉もなく赤面した。父も母も兄姉達も大笑い。

この辺りは林業の発展と共に成長した村の一つである。梅雨期の川の増水や台風の頃の出水を利用して、「カリカワ」が行われた。材木を川に流して運搬する作業である。現在のように町道が桑原から月出の山奥まで就いてなかった。当時は細い幅員一メートル程の土道がついていただけだったから、四輪トラックは入ることが出来なかった。山行きさん（林業労働者）が材木を肩にかついだり、木馬（木のソリ）で月出川の集材場まで運び、出水を待って桑原の車道の近くの広場まで運ぶのだった。川に浮かんだ材木の上に乗って次々と流す作業は、トビと言う竹の先に小さな引っかけられる金具の付いた道具で材木を引き流し、身軽に次の材木へ飛び移り下流へと流すのである。器用に身をこなさなければ出来なかった。少し前に山行きさんが材木の下に落ち込んで次々流れ出す材木に押されてか、はい上がることが出来ないで水死したことがあった、と聞かされた。何の保障もない頃だったから、悲惨なことだったろう。

母が台所で流しのかたづけをしながら、「おばちゃんらに枕を出したんな」と言われたので、私はこよしやんとひさやんに箱枕を押入れから急いで出してあげた。夏の農作業に来てくれている人達が、昼食後の一刻を縁台で身体を横にして休めるのだった。桐の箱で、箱の底は丸くそっていてゆりかごのような感じだ。箱の上に丁度子供の腕くらいの棒枕がついた高枕だった。あんな枕でよう頭が痛ないのやろか、眠れるのやろかと心配した。枕を出してあげると、「有難う、おおきに、ええ服着てよう似合うわ」とお世辞か本気かほめてくれて私は上機嫌だった。こよしやんとひさやんは季節になると納屋で苗床を作ったり畑の草取りや桑山の手入れに来てもらっていた。家から四百メートル離れた所に茶山があった。茶山の手入れに行く道の途中に狭くて急な坂道があり、「猫坂」と呼んでいた。何も持ってなくても登るのに一苦労だったのに荷物を持っていたら重労働だった。六月になると田植えが始まる。大きくなった苗を手で握れるくらいの束にして、田んぼまで運び田んぼのあちこちへ放り投げる。それを手伝いに来てくれた女の人達が拾って五本ずつ取って植え始める。みんな一列になって一斉にスタートするのである。六月の中頃になると稲の間に草が生えるので、またたくさんの人が来て草取りがあった。一番草、二番草、三番草と七月の終わりまでの間に三回行われた。

夏のはじめ、六月の中頃だっただろうか、学校は農繁期休暇が一週間あり、おそらく三年生より上の学年は休みになり、田植えや妹弟の世話をして大人を手伝った。それが終わるころ「野あがり」があった。私達は「日待ち」と呼んでいた。大人達がどの家も田植えや農作業が終わるころに常会をして集まり、その日を決めて一斉に休みの日にした。父と兄達が朴の葉っぱをとって来てくれて、女の人達が「でんがら餅」を作った。男の人達はその夜行われる虫送りのための松明を作るのに忙しかった。夜になると月出村から来た松明の火を村境の「すばと」と言う場所で桑原村の松明につけた。受け渡された火のついた松明を男の人達が肩にかついで、田んぼの畦道を練り歩く景色がとても綺麗だった。桑原村を回った松明の火は隣村の加波村へ受け継がれていった。昔は田んぼの畦道を回っていたが、川向うに新しい道ができると松明はそこで受け渡され加波村へ行列されていったので、父が「あれでは虫送りにならんなぁ」と言ったのを覚えている。家から見える川向うの松明の行列も私にはとても綺麗だった。

秋の刈り入れの時になると頃合いをみて父は一番刈り、二番刈り、三番刈りの日を決めて、その都度手伝いに来てもらっていたようである。桑原で大きな田んぼを持ってるのは三軒あって、田植えも稲刈りも順番に手伝い合っていたようだ。ひとしきりの仕事が済んでしばらく休んでもらう最終の日は、母はいつも賃金以外にさつまいもや里芋など季節の野菜や穀物をカゴいっぱいもたせてやった。こよしやんは松葉の川向いの高いところに住んでいて、後家さんだった。ひさやんは、道ばた（国道）の松葉の分家より一軒おいた隣に住んでいた。夫は何か遠い所へ行っていると言ってこの人も後家さんみたいで、子供もたくさんいた。昭和十七年頃、ひさやんの家族は加波小学校で用務員をしており、大勢の子供を含め家内中が学校の小使い室一間で住んでいた。狭いから無くなれば新しく大きな部屋にしてもらえると思い、ひさやんの夫が放火したので、監獄に送られ八年間入っていたのだった。火事の夜、松葉へ笹岡の儀兄さんが来て、父はすぐ学校へとんで行った。

大字桑原の名は飯高町郷土史によると、昔むかしの大むかしに雷の子供が井戸の中へ落ち込み、これをみた大男が縄でしばろうとしたら、くわばらくわばら、といって降参した。それからこの名がつき、今もその井戸跡が川の橋の近くの段差のあるところにあるという。

松葉の庭から眺める東南の山々は秋の紅葉が素晴らしくきれいだった。雄大な自然の美しさに、ひき込まれそうで、兄や姉達は写生をしていた。久郎兄さんは特にスケッチが上手だった。画用紙に風景画や樹木の絵をよく描いていた。津市の師範学校へ行っていた頃、休みに帰ると、榧の木のある家の風景など上手に描いていた。それらの絵は今でも残っているだろうか。

松葉という姓名は、待場垣という地名から考えた名だろうか、桑原のほぼ中心地に建っていて東方には東家があり南方には南家、少し西寄りに小南家、高い所には上家、横に谷があって横谷家、北側には北川家、大谷家、清水家、井谷家、辻本家等の苗字の家が点在している。山裾の斜面は段々の田や畑があり、そのところどころの平地や土手を切り開いて宅地をつくり家を建築した。小南家の上の山の中に八雲神社というお宮さんが祀ってあり年に一回、山の神の日に餅まきをした。何故か心経を唱えて拝んだ。茅葺きの家も多くあって、子供の目にはうっとうしい感じがしたものだ。土蔵も何軒かの家が持っていたが、現在は松葉と上家に残っているくらいだ。

秋の取入れが済み、藁を五センチ程の長さに切って牛の餌にする「かいば切り」という機械を買い入れた。赤い色で塗られた機械は箱火鉢に足をつけたほどの大きさで、横についているハンドルをまわすと、トラックのボテのようなところに入れてある藁が前に出て、それをザクッと包丁を降ろすとうまく切れた。今までのように「押し切り」で切っているより楽に手間もかからず仕事がすませた。かいばは山のように積み上げられ夕方には、牛のお椀である取っ手のついた大きな桶へいっぱい入れて、米糠をかけ残飯を温めたものを上から流し入れて牛小舎へ入れてやるのだった。そんなめずらしい機械を入れて間もない頃に、ショッキングな事が起こった。「北川の好ちゃんが指をかいば切りで三本落としたんやと、隣の男の子と遊んでいて間違いが起きたらしいわ」と父が聞きつけて急いで見舞いにかけつけたが、どうしようもなく、好ちゃんはバスに乗って病院へ行ったが落ちた指は元に戻ることなく今も指なし手袋のようになっている。父も母も私達にその機械のそばに寄ることを許さなかった。

春三月、川原に猫柳がふっくらと可愛い綿毛の花をつけている。家の下の川へツーツーと走り降りて行くと、川岸には梨の花もふくらんでいる。大きな丸太を縦に二つに割った丸木橋が二本のロープでしばられて、架けられていてゆらゆらと渡ると対岸のところに小さな谷川があり、そこにもメダカ等が泳いでいた。そんなある日、ふさ子姉さんにつれられて小学校へ行った。当時も一日入学のようなのがあり、教科書やノート、鉛筆、三角定規、折り紙程度の教材を買ってもらい、簡単な面接を受けた。帰りに小学校の隣の雑貨店「たからや」でランドセルも買ってもらい嬉しさいっぱいだった。いよいよ入学だと胸をときめかせ、ある夜、兄や姉達が勉強するかたわらで新しい国語の教科書を開き、大きな声をはり上げて、

「こまった犬さん」

「あ」

「こまった犬さん」

「うん」

と読み上げた。とたんに爆笑が響き渡った。読み上げた本人はきょとんとしている。

それもその筈。

「こまいぬさん」

「あ」

「こまいぬさん」

「うん」

だったから。五十歳を過ぎた今も思い出す毎に笑いがこみ上げてくる。せっかちな、あわて者の面がこの頃から出て来ていたのだろうか。なつかしい思い出がいっぱいである。

昭和十六年は国民小学校へ入学した年である、また十二月八日にあの忌まわしい太平洋戦争の始まった年でもある。

メガネをかけた写真屋さんが「ハーイ、動いたらあかんよ、じーっとしてー、ハイ」でいいのかと思ったら、イモリと兄達が言っていた黒布（中が赤くて表の方が黒いから）を頭からかぶったり出たり何回もして、「いいですか、いいですか、はいっ」。これでやっと撮影が済んだ。入学記念写真である。

第四章　小学校時代

加波国民学校は二キロはなれた大字加波に建っていて家から歩いて通学した。一六六号線のすぐ下に校舎が建ち並んでいたので、一日に二、三回通るバスやトラックの音が教室をゆるがし、道路の土埃がいつも窓から入ってきた。通学仲間は幾ちゃん、好ちゃん、建ちゃん、純ちゃん、明ちゃん、多喜ちゃん、厚ちゃんそれに私の八人で女三人男五人が桑原からいっしょだった。桑原から月出に入る三差路にクラブ（現在の集会所）の建物があり、毎朝そこに集まって男子女子に分かれて上級生に引率されて一列縦隊で通学した。帰りはそれぞれの学年別だったから少数となったが、月出の久美ちゃん、しいちゃん、てんちゃんもいっしょだった。二キロの土道はずいぶん遠かったが、石蹴りや、カン蹴りをしたり、道端の草花を摘んだりで、毎日がピクニックのようだった。雨上がりの日の帰り道は開いた唐傘をくるくる道の上でまわして、おかげで家についた頃には傘の骨は折れる、紙は破れて使いものにならず、親からよく叱られたものだ。

ママゴト遊びの好きだった私は、毎日のように遊んだ、友達がこない日でも一人で遊んだ。家の庭にゆすらんめ（山桜桃梅《ゆすらうめ》のこと）の木があり六月頃には、まるでルビーのような宝石さながらの実がいっぱいなった。冬はこうじといってみかんより小さいがそれもまたたくさん実り、秋は柿の実もあって、ママゴト遊びの材料にはことかかなかった。そんな毎日のようすを一年生のおり、ふさ子姉さんに見てもらって、絵日記に書いた。表紙が盲縞《めくらじま》のある和紙で手製のノートだった。担任の山村芳子先生が毎日添削して下さり赤ペンで絵にマンガのように会話を入れてくださったり、五重丸を何回ももらった。その一年生の夏休みの終わり頃、ふさ子姉さんに連れってもらって山田日赤病院で看護婦をしている、ぬい姉さんに面会に行った。バスに乗って松阪市までゆき、松阪から電車に乗るのも生まれて初めてだし、松阪市も勿論初めてだった。絽の振袖の着物を着せてもらい三尺帯をしめて、ポックリ下駄をはいて行った。その晩は松阪市の遠縁の親戚に泊めてもらうので駅までゆかないで、一番賑やかな四ツ辻でバスを降りた。私はあっけにとられた。大勢の人が歩いている、道が一面に平で広くデコボコがない、歩くと下駄が、コッポコッポ鳴って嬉しかった。親戚の家へ土産を置いて「今晩お世話になります」と挨拶をした。

日赤病院につくとすぐぬい姉さんが出てきて、三人で伊勢神宮へお参りした。長い砂利道に植木があり、私には退屈だったが姉達は何か話をして歩いていた。帰りに喫茶店へ入りアイスクリームを注文してもらったが、虫歯にしみて食べられなかった。こんな冷たいもん初めてだし、それでみつ豆に替えてもらった。姉達は田舎者だと笑ったが、今思えばその姉らも田舎者なのに。翌日は親戚の人達と貝拾いをして、それからふさ子姉さんと記念写真を写真館で撮った。二人共着物姿で少しきれいに撮れている。私は小生意気な顔をしている。この年の十二月に太平洋戦争が起こり、そしてこの冬、ふさ子姉さんは大字月出の黒石家へお嫁に行った。花嫁衣裳に文金高島田、夜道を提灯の明かりに照らされながら、村から村の細い山道を歩いてお嫁に行った。

昭和十八年三年生の冬、榧の木が伐り倒された。「今日は尾鷲の方から木こりさんが来て榧の木を伐る」と両親から聞いていたので学校を終えると、ツル子姉さんと急いで帰った。一かかえも二かかえも、もっと大きい榧の木は伐られて土手に寄りかかっていた。太平洋戦争がだんだん激しくなると共に、食糧増産の声が高くなり、農作物に悪影響となる大木は切らねばならない。この榧の木のそばに平谷家の田んぼがあって蔭になるので仕方なかった。平谷の息子と言っても若くなかったが、戦地へ行って居なかったので、義母であるみつえさんが田んぼを作っていた。それで、その人からこの大きな木を切るように何度も言われたそうである。父は自分の身を切られる程つらかったと思う。大屋根を覆う程の榧の大木は夏には太陽の照りつけをさえぎり、冬は寒い北風から守ってくれ、吹雪も防いでくれた。秋十月にはいっぱい実をつけて、風の朝には裏庭一面に落ちていて、その実を拾うのは嫌だったけれども、実の芯はほうらくで炒ると少しいがらい（ほろ苦い）けど香ばしくて大人は酒の肴にしたり、良いおやつになったのかもしれない。残りの実は製油店に出して油にしてもらった。太い根っ子の跡だけが丁度土手なので八方に根を張って残っている。さわさわと風にゆれる枝の音が今も聞こえてくるようである。

その後、みつえさんは四人の息子を戦争で亡くしたが、残された家族と精力的に生き抜いた。

その頃、電話のある家は限られていた。松葉にも電話はひかれてなくて、中井家にあった。「警戒警報」や「空襲警報」が発令されると、役場から電話のある家に連絡が入る事になっていた。電話番は村の人が順番に中井家へ行ってすることになっていた。松葉の当番の日、仕事で忙しい両親に代わって四年生の私が電話番に行くことになった。年上の兄弟姉妹はもうだれも家には残っていなかった。その時、役場から「警戒警報」の連絡が入り、それを受けた私は言われていた通りにお宮さんの下にある櫓まで行って、梯子を上って「警戒警報」の鐘を鳴らしてみんなに知らせた事がある。後で、父に「えらかったんやねぇ」と褒められたのを覚えている。「警戒警報」の時はゆっくり鐘を突き、「空襲警報」の時は速く鐘を突くのであった。B29が飛んで行くのを下から見上げることはあったし、何か破片が落ちてきたと言って騒いでいたこともあったが、田舎故に「空襲警報」の鐘の音を聞くことは一度もなかった。

この時期、家には両親と頼りない私と弟の四人だけで住んでいた。七番目に産まれた和郎は母の乳の出が悪かったからか、三歳くらいまで歩くことができなかった。戦前からの食糧不足、母の身体もかなり弱っていたのかもしれない。粉ミルクと米のとぎ汁を与えられていたが、なかなか歩けない弟に母は苛立ちよく叱っていた。歩けるようになってからは、成長して小学校の高学年になる頃には他の生徒と同じくらいの体格になっていた。勉強の方も追いついたのか、知能の遅れは見られなかった。

五年生に進級した、担任の先生は亀山市の女子師範学校を卒業したばかりの、美人の女の先生だった。寺脇先生だ。家から四キロの道を自転車で通勤して来られた。理科の宿題で風の方向をみる道具を作ってくるようにと言われた。それは大豆を水に浸けて竹ヒゴの前後へつけて紙の風車をつくればよかったので、私は自分一人で出来ると思った。しかし母に豆を出してというのが一ときも忙しそうにしている母の姿を見ると、何故か言いそびれてしまい出来なかった。宿題をしてこなかった子は十分余り、床の上に正座をさせられたが、勿論私もその中の一人である。

紀元節（建国記念日）、天長節（天皇誕生日）、新年は、先生が職員室の隣にある奉安室から天皇陛下の写真を運動場へ運び出し、全校生徒はその前に整列し、拝礼、そして君が代を歌った。式が終わったら紅白饅頭をもらえるのが甘党の私にはとても楽しみだったけれども、戦争が激しくなってそれも貰えなくなった。「贅沢は敵だ」「欲しがりません、勝つまでは」などの言葉が言われていたが戦争が長引くにつれ、贅沢できるような物は無くなり、校庭の三分の二はさつまいも畑と化した。日本が負けたら、日本人はみんなアメリカ軍に殺されると聞いてとても怖かった。神風は吹くんだろうか。学校では「教育勅語」と歴代天皇の名前を暗記して職員室にいる担任の先生の前で暗唱しなければならなかった。

歴代天皇の名前を覚えかけた頃に終戦となった。もう防空壕掘りの手伝いも、うさぎに与えるおおぎなや野菜畑に敷く草を背負って学校へもっていかなくてもよい。終戦の日、川遊びから帰ると母は、石うすをまわしながら泣いていた。父も何かの寄合いから帰ってきたが肩を落としていた。教科書のあちこちが墨で真っ黒に塗られた。

繁兄さんが九州から復員してきた。父は内地の軍隊だからと思いながらも、兄の帰りを毎日待っていた。繁兄さんは旧制宇治山田中学を二番で卒業した時、その順位と名前が新聞に掲載され、父は近所の人から声をかけられていた。本人は大学へ進みたかったようである。子供の頃から成績が良かったので、お医者さんから養子に欲しいと言われたことがあったらしいが、父は三番目にやっと男の子が生まれ農家の長男として育ててきた繁兄さんに家督を継がせたかったので、進学させずに家で林業と田畑を教えていた。そのころ軍から召集令状が届き兵隊へ行った。出征する前の晩は村中の人を招待して祝宴が開かれた。翌日、バスの停留所で見送りの人達に向かって壇上に立って挨拶をし、万歳三唱で見送られ一人でバスに乗り込んだのを今もよく覚えている。父は長男である兄をとても大事にし心配していたので、戦争中加古川まで面会に行ったが、帰りの切符が買えずなかなか帰れなかった。帰りに神戸で空襲に遭い命からがら帰ってきたので、母がとてもとても心配したようだった。二回目の面会に行く時は父を心配して津の師範学校に行っていた久郎兄さんが付いて行った。後に私の義兄となる黒石さんが広島で兄を見たそうで、その時あまりにも痩せていたのでびっくりしたと言っていた。その後は九州に赴任してからの終戦、帰郷となった。帰ったのは九月だった。少し太っていたが、皆が嬉しくて安心した。終戦になった時、兄はみんなで上官からの指示を待っていたが、指示もなければ上官もいるのかいないのか、はっきりせず、みんなで家に帰ろうという事になったらしい。あるものを持って帰ろうとしたが、あったのは汚い毛布だけ。仕方ないのでその毛布を持って帰ってきたとか。

　そして十月頃、私は自由研究の宿題が出されて、繁兄さんにアドバイスされながら、「お米の出来るまで」を勉強した。種まきから刈取って精米にするまでをくわしくその頃の農機具等の図を入れて、水田の水の当たり具合やらを一部始終書いて表にした。私自身も上出来だと思った。案の定、寺脇先生は優秀の評価を下さった。繁兄さんは旧制の宇治山田中学校を優秀な成績で卒業しているから、私のような小学生の家庭教師はた易いことだった。

ぬい姉さんは女学校を卒業して、日赤で看護婦となり従軍看護婦として外地へ赴き、中国から帰国した後、有馬温泉にある陸軍病院で働いていた。姉は中国から引揚げて帰ってくるとき、何度か船を乗り換えて帰国することが出来たが、船を乗り換えるごとに、前に乗っていた船が爆撃され沈んだそうである。陸軍病院からなかなか帰らなかったので、繁兄さんと久郎兄さんが面会に行ってやがて帰ってきた。二十三歳になっていたので、父は姉をどこかへ嫁がせなければいけないと考えていたようである。

戦前から川俣地区で青年団の演芸が盛んになっていた。波瀬地区の桑原にもあった。グループの誰かが脚本を書いて、クラブで皆で練習し決まった日の夜に公演していたようであるが、私は子供だったので見に行くことは無かった。

昭和二十一年旧正月に学校で学芸会があった。私は自分達が歌ったのか踊ったのか何をしたのかぜんぜん覚えていないが、私達の発表の後で、桑原のクラブで練習を積み重ねてきた青年団の人達が小学校へ来て演芸をしたのをよく覚えている。

青年団には戦争から帰ってきた繁兄さんとぬい姉さんが入っていた。

司会はまさひでさんだった。幕が上がるとどっと笑いがおこった。ぬい姉さんと同級生のたねさんは座敷帚を三味線に見たてて弾く真似をし、大太鼓と小太鼓の人は化粧が派手で面白かった。他にはハーモニカ、オルガンを弾く人がいた。楽器はこの三種類しかなかったように思う。内容は軍隊生活を面白おかしく演じていた。一等兵役の繁兄さんがいて、上官は北川さんだった。号令がかかっても一等兵は皆ヘロヘロと立って敬礼し、戦時中のような厳しさが全くなくて笑いを誘った。上官が何か物を言ったら、一等兵の繁兄さんが靴を上官めがけて投げつけるという、戦時中では考えられない状況も笑いを誘った。他には「寛一お宮」の涙のシーンをお宮が怒って文句を言ったので笑わされた。戦時中のラジオは東京、大阪、その他の地域の空襲警報発令の記憶しかなく、戦後のその頃は「鐘の鳴る丘　とんがり帽子」という歌が流れて、戦争孤児のドラマを放送していた。田舎に映画館はなく、またテレビもない頃の楽しみだった。

間もなく、ぬい姉さんは上官を演じた北川さんと恋愛し結婚した。終戦直後の物資の無い時の結婚で、ぬい姉さんは普通の着物を着てのお嫁入りだった。

料金受取人払郵便

新宿局承認

2523

差出有効期間
2025年3月
31日まで

(切手不要)

郵便はがき

1 6 0-8 7 9 1

1 4 1

東京都新宿区新宿1－10－1

(株)文芸社

愛読者カード係 行

お名前《ふりがな》		明治 大正 昭和 平成 年生 歳
ご住所《ふりがな》	□□□-□□□□	性別 男・女
お電話番号	(書籍ご注文の際に必要です)	ご職業
E-mail		
ご購読雑誌(複数可)		ご購読新聞 新聞

最近読んでおもしろかった本や今後、とりあげてほしいテーマをお教えください。

ご自分の研究成果や経験、お考え等を出版してみたいというお気持ちはありますか。

ある　ない　内容・テーマ(　　　)

現在完成した作品をお持ちですか。

ある　ない　ジャンル・原稿量(　　　)

書　名					
お買上 書　店	都道 府県	市区 郡	書店名		書店
			ご購入日	年　　月　　日	

本書をどこでお知りになりましたか?
1.書店店頭　2.知人にすすめられて　3.インターネット(サイト名　　　　)
4.DMハガキ　5.広告、記事を見て(新聞、雑誌名　　　　)

上の質問に関連して、ご購入の決め手となったのは?
1.タイトル　2.著者　3.内容　4.カバーデザイン　5.帯
その他ご自由にお書きください。
(　　　　)

本書についてのご意見、ご感想をお聞かせください。
①内容について

②カバー、タイトル、帯について

弊社Webサイトからもご意見、ご感想をお寄せいただけます。

ご協力ありがとうございました。
※お寄せいただいたご意見、ご感想は新聞広告等で匿名にて使わせていただくことがあります。
※お客様の個人情報は、小社からの連絡のみに使用します。社外に提供することは一切ありません。

■書籍のご注文は、お近くの書店または、ブックサービス(0120-29-9625)、セブンネットショッピング(http://7net.omni7.jp/)にお申し込み下さい。

戦前から戦後にかけて「下男、下女を家に置いてくれ」とどこかから言われて、養蚕室だったところの二階に「み～やん」と言う男の人が住むようになっていた。戦後で家や家族がないのか。住み込んで手伝いをし、飲み食いをしていた。ふさ子姉さんが村の品評会に野菜を出すときも、身体の弱い姉を手伝ってみ～やんが持って行った。身体が弱いと言えば、父が心配して牛乳を買ってくれたそうである。ふさ子姉さんは牛乳が飲めなかったので、ぬい姉さんが代わりに飲んでいたと、大きくなってから知った。私にもこんな事があった。戦時中でもキャラメルの配給があって、と言ってもミルクキャラメルではなく、おそらくボンタンアメだったと思うが、オブラートにくるまれて柔らかくて食べるのが楽しみだった。母は私とツル子姉さんと弟の和郎に公平に分けて箱に入れてくれた。学校から帰って食べようと箱を開けたら、キャラメル二つと他に石ボーロが詰まっていた。それを母に言うと「なにー、ツル子やわ」と母はびっくりしていた。大きくなってからツルちゃんにその話をすると、「あんたは末っ子みたいなもんで、いっつもお母さんに手をつないでもろとったで、腹立ったんやわ」と二人で笑った。

昭和二十二年、六年生の二月、繁兄さんが寺脇先生と結婚した。家に大勢の客を呼んで結婚式をし、披露宴が行われた。担任の先生が兄嫁となって親戚への挨拶廻りをしている。紫地に牡丹や松竹梅の訪問着に日本髪の晴れ姿がまぶしかった。毎日ひっつめ髪に黒いモンペをはいて紺の上衣で教壇に立っていた先生の見事な変身だった。

三月、修学旅行が小学六年生と高等小学校一、二年生が合同で行われた。何故三学年がいっしょだったか、きっと終戦後はじめての旅行であると共に、来年度から新しい学制がひかれて私達は新制中学生となるからだったのかもしれない。伊勢、二見方面へ一泊二日の旅に出かけた。女生徒達は皆モンペにセーラー服やセーターだったけど、私とさあちゃんはスカートをはいて行った。四女の私には、姉達のお古がまわってきてそれを、節子姉さんがつくり直してくれた。スカートは友達の羨望の目を受けながら楽しい旅行だったが、終戦直後で伊勢神宮を参拝したかどうか覚えていない。紡績工場を見学し時間待ちの間、伊勢市の焼け跡に浮浪児の兄弟が二人、きたない服を着て人から投げられたものを、ポケットいっぱい入れて手づかみで食べていた。高等小学校の人達は、「可哀想に、可哀想に」と言っていたが、夏みかんが店に売り出されていると誰もが我先に買いに行って、「ああおいしい、おいしい」と食べていた。その中に二、三人その浮浪児に少しわけてやる人もいた。私は甘党だから「どうしてあんな酸っぱいもん、好きなんやろ」と思うばかりだった。

二見の旅館で一泊した。海を見るのは国民小学校一年生の時、貝拾いに行って以来二度目である。一年生の時は貝拾いよりも泳ぐほうがおもしろく親戚の女の子と泳いでばかりいたが、今度の海は春三月で波が「どう、どっどっ」と押し寄せて高く、改めて広く大きな海に恐ろしささえ感じた。

太平洋戦争に明け暮れた小学校時代は、疎開の子がたくさんいた。中でも京都から来た村田さんは頭のよい人で中学三年生までいっしょだった。恐かった先生も思い出される。山下先生はいつも竹の根で出来た鞭を持っておられ、軍隊式で生徒を並べて叩いたり机を叩いたりしたので、今でも忘れることはない。物資のない頃だったが卒業式が行われ、新制中学生への期待を胸に春四月を待つばかりだった。

第五章　中学のころ

昭和二十二年四月、新学期の中学校へ入学した。私達から六・三制である。入学はしたものの校舎がなかった。

当時の村長だった、田中敬一氏の文を書き写してみると次の通りである。

「新校舎建築から竣工までの経過報告書

当時波瀬村は、三重県切っての僻村で、戸数僅かに五百余戸、人口二千五百の小村でありますが、教育に対する熱意は往年より熾烈でありまして、昭和二十二年教育制度の改革をみますや、村民挙げて学芸の振興は平和の慈母であると喜び、同年三月そうそうには波瀬小学校に於いて中学校設置協議会が盛大に開催せられて、村議会議員、部落代表、各種団体長、婦人会長、其の他、有識者多数の会合を得て、建設促進設備の充実等独立校舎建築に関するあらゆる構想がねられたのでありました。—中略—敷地総面積七千六百四十二坪という広面積はことごとく山林で然も四十五年という先祖伝来の私有地でもありましたが、土地は惜しみなく提供せられ買受けの終わるや直ちにその七月には男子青年団員二十一名の奉仕により伐採が行われ、続いて八月十五日材木はすっかり除去せられた台地で極めて厳粛に起工式がとり行われたのでありました。

爾来、打ちおろすツルハシに村民の無限の感激と希望をもってひたすら落成の日の早きを祈りつつ、村民一般の部落別奉仕はもとより……」

と竣工式までのようすがくわしく書かれている。私達中学生も奉仕作業をした。杉の枝を運んだり、川から砂を運んだこともあった。夏休み中にも作業に出かけた。昼休みが待ち遠しくて、時間がくると近くの小さな神社へ行って、お弁当を広げてさつまいもやメリケン粉を練って塩か醤油で味を付けたおやつを食べた。寝ころべば杉木立ちの間から夏空が見え隠れして、涼しい風が心地よかった。おしゃべりしながら楽しい空想を描いた一時が思い出される。

校舎が建築される間、私達は加波小学校と波瀬小学校で仮住まいをして勉強した。私は波瀬中学校加波校舎の生徒だった。中学一年生の時、加波校舎での学芸会で「ぶんぶく茶釜」をやった。男の子達は恥ずかしがって参加しなかったので、女ばかり五

〜六人で演じた。役柄は互選で、私と乙栗子の栄子さんが白い着物と黒い袴を履いた小坊主。加波のさっちゃんがたぬきの役だった。オルガンの伴奏があったように思う。

台湾から引揚げて来られて、波瀬で仮住まいをされていた伊東ゆう生先生に英語を教えてもらった。英語の授業が始まり、私は先生の質問に下を向いたまま手を上げていた。「はい」という先生の合図に立ち上がって答えようとしたら、先生があてられたのは私でなくもう一人の子だった。皆の笑い声に自分の思い上がりが恥ずかしかった。英語は繁兄さんの家庭での教育で私一人皆より一歩進んでいたのだった。

戦後の物資の乏しい中にも、少女雑誌等も発売されるようになった。私は新聞の広告をみて、「少女の友」を父にせがんで本社より取り寄せてもらった。書店は三時間ぐらいバスでゆかねばならなかった。毎月その雑誌が届くのを楽しみにして、各号の発売日を待ち遠しく思った。表紙の少女絵の美しさにみとれ、あこがれた。

雑誌には若山牧水の歌や北原白秋の詩等が載せられていて、夢中になって朗読した。今も目に浮かぶ少女雑誌の挿絵の美しかったこと、「まさ江」とサインがしてあった、名字を忘れたけど、少しウィットな感じの少女が袴をはいて振袖の手を胸に組んだ姿が愛らしく思い出される。中原淳一、蕗屋虹児、加藤まさを等の絵が夢を持たせてくれた。なのに今は、あの美しい少女雑誌が一冊も手元に残されていないのが残念である。幻の少女雑誌となってしまった。それから少し大人の小説で鶴見祐輔の『母』『子』や、吉屋信子の『紅雀』『あの道この道』を読み小説の世界に没頭した。佐藤紅緑の『富士に題す』等……。松阪市までバスで本を買いに行くことなど許されなかったから、本を手に入れることはむつかしかった。兄姉が帰省する時、持ち帰った雑誌や小説を読むのだった。

中学三年の国語の教科書に、夏目漱石の『我が輩は猫である』の一節があり、その後この全文を読むことが出来た。私の純文学への第一歩だった。今思えば少し年齢的に遅れているようだったがこれがきっかけとなって漱石の作品を読み上げた。没頭したといってよい。

中学校の校舎は二年生の終わりに完成した。加波小学校と波瀬小学校に仮住まいしていた私達は生徒会においても責任が重く何かと模範を示さねばならなかった。生徒会の役員に立候補し選ばれた。男子の帽子に白線を二本まくことや、女子は白のネクタイとセーラー服等着用することなど生徒会で自主的に決めた。校章も考えたように思う。また三年は進路の問題がある。進学組と就職組にわかれた、といっても七十一名の内、進学者は七名で全体の一割だ。他の大部分の生徒は就職のため名古屋、大阪、奈良、松阪方面へ行くことになった。私は進学のため放課後、一時間くらい特別授業を受けた。夕方暗くなってから栄子さんの自転車に乗せてもらって帰宅したが、途中にこわい犬が放し飼いにされていて、自転車からころげ落ち、竹藪の中へ逃げ込み、犬が他の人達に気をとられている間に走り帰った。栄子さんと自転車はどうしたか覚えていない。

卒業前に、希望者だけで修学旅行に出かけた。二泊三日で京都、大阪、神戸方面へつれて行ってもらった。貸切りバスではなく定期バスで松阪までゆき、電車で京都へ、そして京都の旅館で二泊した。このとき神戸でアメリカ博覧会が開催されていて、この旅行のポイントだった。アナウンサーが立って喋っているのが別室のスクリーンに写し出されていて凄く感心をし、今に一般化されるだろうと先生方がいっておられた。その後十年経って私の家にテレビが入った。大字桑原ではじめてのテレビだった。

仲良しのしいちゃんが京都のデパートで筆入れを買った。自由行動の時間で買い物の後、旅館まで自由に帰るようにいわれていた。筆入れを買って二人でデパートを出ようとしていたら、後ろから小父さんに呼びとめられた。筆入れを万引きした、といわれてびっくりした。しいちゃんは一生懸命お金は払ったといったが聞き入れてくれないで、とうとう事務所までつれていかれた。私にも来るようにといわれ、二人は怖くてブルブル震えながら、小父さんともう一人の偉い人に取り調べられた。しいちゃんは泣きながら喋っていたがそのうち、田舎者の私達がデパートでの買い物の仕方を知らないとわかったのか、先生にも警察にも連絡することなく説教だけで帰してくれた。私達は波瀬村の雑貨屋で買い物するのと同じだと思っていたから、レジでレシートをもらい包装をしてもらって等の手の込んだ買い物はわからなかった。「ごめんなー、おばちゃん、筆入れ売ってんけー」、「はいはい、ええのんよってみな」でお金を手渡せばよかったのだから。ましてデパートは大勢の人がいてなかなか田舎者は店員も相手にしてくれないから、しいちゃんはお金を商品の上へおいて店員が見ているからよいと思い、筆入れを持って歩いていたのだ。私もそれでよいと思っていた。こんな恐かったことはなかった。

しいちゃんは卒業後、四日市の会社へ就職をした。高校へ進学した私と文通をしていたが、なかなか頭の切れる人で人間的にも何か少し大きなものを持っていて、今でも時折近況など電話をかけ合っている。

教師も社会人であるというむつかしいこともわからないままに、担任の先生に淡い恋心を持ち心に秘めていた。初恋だったろうか。

第六章　青春のころ

通学カバンの中には、いつも文庫本が入っていた。松阪北高等学校一年生の私は、旧飯南女学校の寮から、この北高まで通学していた。歩いて五分程であった。寮の小母さんが炊いてくれる弁当は、登校までに部屋で食べてしまい、カバンが少し軽くなったところで、文庫本を二、三冊入れていたのである。その頃は、夏目漱石や北原白秋詩集、啄木歌集を読みふけっていた。お昼時間にはもうお弁当はないので、クラスの人達の昼食時は文庫本を開いていた。しかし空腹になるので、今思えば無茶なことをしたのだが、その帰り道に実家から持ってきた小麦粉を井村屋へ持って行ってパンと替えてもらって食べたりした。桑原ではまだパン屋さんはなくて、小麦粉はうどんや団子、だらやき、蒸しパンを作って食べていた。そのことを思うと松阪は私の食欲をすぐ満たしてくれた。

私の青春前期は、家から六十キロ離れた松阪市にある県立北高等学校へ入学した時から始まる。一学期間くらいは、すごいホームシックになって、日毎故郷恋しさに半泣きをしながらすぎてしまったように思う。

北高等学校は、旧制松阪工業学校の校舎を使用していた。幾棟もの校舎にたくさんの教室があり、教科毎に教室を移動する生徒数の多さには驚いた。廊下が人でいっぱいなのである。授業を受ける教室を探すのにやっとだった、田舎者の私は半ば恐れさえもっていた。今のように校舎の下見につれていってもらうこともなかったから、戸惑うばかりだった。

それでも二学期に入り、都会の生活にも馴れてきた私は、書店へ行くのが楽しみだった。文庫本が軽くて小さくて安いから、買っては読んでいた。一年生の三学期から二年にかけて、私は図書委員に選ばれた。何しろお昼に弁当も食べないで本を読んでいるのだから私がその役に一番だと級友達が選んだのだ。よく覚えてないが一クラスから一人選ばれたのだろうか。私は当番の日に委員長と一緒に仕事した。そのような私に同情して、名松線（汽車）通学をしている千代子さんがお母様の手作りのおいしい柏餅を持ってきて下さった。何だかすまないような気がしたが、遠慮なく頂戴した。柏餅といえば、一美さんところからもたくさん頂いた。祭りに招かれた私は、寮の人達にもと、一美さんの姉上の手作りのお餅を土産にもらった。そして松阪公園で二人でお弁当とお餅を食べたのだった。

高校三年に進学するときに、北高は松阪南高等学校に編入され、校名も松阪高等学校と改められた。そこは、寮から歩いて三十分もかかった。まだ道は土道で雨の日は水たまりがあり、タクシーに泥水をはねられてスカートを汚されたこともあった。暑い夏は汗、汗、汗で通学に急いだ。

何の記念だったたか、時の校長渡辺久郎治先生が特に頼んで、三井財閥の番頭の息子さんである池田潔先生に講演に来てもらったことがあった。慶応大学の名誉教授でいらした池田先生は、イギリスの大学へ留学なされた体験をお話し下さった。立派な方に直にお話が聞けたことに感謝し、感激したことが忘れられない。

ある日、誰かの呼ぶような声に、目が覚めた。一級下のチーちゃんがスリップ一枚で、ドタドタと廊下を走り、私達の部屋へ飛び込んできた。寮に変態性の男が侵入して、チーちゃんをつれだそうとしたのだ。少し離れた私達の部屋が電灯をつけたので男は、慌てて逃げていった。恐くて厭な事件だった。

戦後第一回の「源氏物語」ブームが昭和二十六年頃に起きた。映画化もされた。丁度、卒業期の先輩を送る会に、寮では部屋毎に何かをやらねばならなかったので、私は「源氏物語」のまねをして喜劇化し、そのヒーローを演じた。ヘンテコな光源氏や紫の上、桐壷達が出来上がりスズメの学校を開いた。という筋で、現代語を混ぜ合わせた話し方に、和服の上にサンダル履きという格好だった。卒業生の人達や舎監の先生方を笑わせたものである。

旧飯南女学校の寄宿舎だった寮は荒れていて、どうにか木造の建物が残っているくらいだった。二階建てだったが一階のみ使用していた。一部屋を四人で使っていて、そんな部屋が五部屋くらいあっただろうか。炊事場と食堂があり住み込みのおじいさんとおばあさんがいて、私達の御飯を作ってくれていた。舎監部屋があり学校の先生が授業が終わったら寄宿舎へ来て、四～五人の先生が交代で泊まった。舎監の先生の中に小泉裕二先生がいらっしゃった。また学校では日本史の先生でもあった。ふっくらと美男子で、ええとこのお坊ちゃんタイプだった。勿論もう家庭を持っておられ、お父さんでもあった。日本史のテストで私は割合良い成績をとることがあり、この先生に見直されたことがあった。寮でさわいでいる者が意外に真面目に勉強をして良い点をとったのだから。

三年生の運動会に、母が母の実家の伯母と二人で見に来てくれた。病弱な母が二時間もガタゴト道をバスに乗って来てくれるとは、おもいがけないことだからよけい嬉しかった。母も我が娘の運動会をみるのは、大勢姉達がいたが、それが初めてのことだった。運動会は田舎の小・中学校と違い、生徒数が多くて、どこに私がいるのやらわからなかったらしいが、私の方は母が来てくれていると思えば、張り切って行進をした。その夜、母と伯母は寮に一泊した。伯母は、私の二つ下の従弟である息子の昭ちゃんが同じ松阪高校の一年生で、住まいは松阪工業高校の男子寮に住んでいて面会に行くと言うので私が道案内をした。伯母はその時、長男の信一さんの東京土産だと言って私に、甘納豆の箱入りを下さった。甘党の私はすごく嬉しかった。甘納豆をみるのも食べるのも初めてであった。後でわかった事であるが、伯母は信一さんの嫁にと思って、私を見に来たようであった。

十二月二十六日に冬休みが始まると早速家に帰った。その頃のお正月はまだ旧暦でお祝いをしていたので、新暦のお正月をどのように過ごしたか記憶が曖昧だ。子供の頃は新暦の元旦に小学校へ行ってみんなで「一月一日」を歌ったのはよく覚えているが、高校生の頃はラジオから流れてくる放送を聞きながら、雑煮と一臼分のお餅を家族みんなで食べたように思う。旧暦のお正月は家に帰れる者は帰ってお祝いしていたようだった。

学校は新暦で進められていて旧暦のお正月に家に帰ることができないので冬休みの終わりに、母が義姉に言って繁兄さんと一緒にお餅を作らせて持たせてくれた。学校や寮では旧正月のお祝いは無かったので、寄宿舎へ帰ったら、旧正月を待たずに寄宿生と一緒にお餅を食べた。

旧暦で新年を迎えていた子供の頃は、お正月が近づくと朝の二時からお昼過ぎの三時頃まで父、母、兄弟姉妹総出で餅つきをした。とちの実の皮をはいで、ゆでて潰したものをもち米と一緒についてとち餅を作ったり、きび、あわ、とうきびの餅もあった。白いお餅を十臼と色々混ぜたお餅が六臼で合わせて十六臼のお餅を作った。つき上がったお餅はのし板の上で延ばして「のしもち」として、奥の仏間いっぱいに敷かれた莚の上に並べていった。白いお餅のつき具合の良い時、その臼のお餅で鏡餅を作った。のしもちは硬くなる前に切って、切り餅にし、こうじぶたに入れて保存した。しめ縄飾り神棚飾りをし、母や義姉は一日かけておせち料理を作ってお正月をお迎え

た。

いよいよ仲良しの正代さん、一美さんと別れる時が来た。卒業である。二年生の担任だった、岡本照先生が一人一人に気軽に話をして下さった。私には、「信念を持って、生きなさい」と、言われた。その時は言葉の意味がわからなかったけれども、今も忘れられないし、その後、その言葉を糧として生活の支えとした。卒業式後、三人はまだ寒い風の中で、校庭に立ち、一美さんの持ってきたカメラで記念撮影をした。私は洋裁学校へ、正代さんは新町にある会社へ、一美さんは櫛田の建築会社へB・G（ビジネスガール）となるのだった。

青春前期の読書と遊びと食欲の甘い香りでいっぱいの高校生活が終わった。

高校を卒業してすぐ松阪市の吉田ドレスメーカー女学院という花嫁学校で、洋裁の勉強をした。良子さんと同じ下宿で一部屋を二人で借りて通学した。当時洋裁学校は大盛況で、どこの学校も生徒でいっぱいだった。また、洋服地も軒を並べて売り出していたから、材料を買うには店めぐりもたやすく出来て選ぶにも時間は要らなかった。のーちゃんもいっしょで、日曜はお花も習った。一年間の洋裁学校を終え良ちゃんとも別れて帰郷した。そして夏は農業の手伝いをし冬は和裁を習いに波瀬の伊勢屋（田中さん）へ通った。こうして、私の青春後期が始まった。青年団に入って副団長を務めた。青年団の仕事は小学校で文化祭があったら、行って農作物の品評会をしたり、弁論大会に伊藤のまりちゃんを送り出した。その頃の青年団は地域社会の催しを手伝うのが主な仕事だった。昭和二十年代の終わり頃から、日雇いの山での重労働より月給制の会社や工場の仕事を求めて、若い人が都会へ行くようになり少しずつ人数が減っていった。

二十歳の時、私は従兄の信一さんと婚約したのだが、一方的に従兄の方から、婚約破棄の申し入れがあった。母の実家の息子だったから、母の心痛は大変なものだったのだろう。その二年後、母は床につくようになり、一か月余り私は看病をした。ご飯を食べさせ下の世話もし、近所の人が見舞いに来てくれた時は私が応対した。同村に嫁いだ元看護婦だった姉も時々手伝いに来てくれたが、母はまだ未婚の私と高校生だった弟の行く末を苦にしてこの世を去っていった。最後に特別に私に何か言葉を残してくれた覚えはない。私が小学六年生の時、母は長患いをして二か月くらい床に伏していた時があった。あの時は肺炎だったが、今回は肺結核だった。しかし病名は伏せられていた。その頃出回り始めたペニシリンという高い薬を粟野の松田先生に何回か注射してもらったが、時すでに遅しだった。六十一歳だったから当時としても早死にだった。惜しまれての死であった。私は悲しさと苦しさでしばらくの間は泣いて暮らした。

その秋から冬に向かって再び松阪市で編物を習うこととなった。母の死後、私の存在は兄嫁にとって邪魔だったのだろうか。うまく父に言って、体裁よく松阪市へ追いやられたが、その時私はもう教え子でなく立派な小姑だったのだ。この頃、松阪市には次兄の久郎兄さんの家があり、離れもあって、その離れの二階に下宿し自炊生活を始めた。ご飯とみそ汁、魚を焼いたり惣菜やパンを買ってきて間に合わせた。戦後の好景気で松阪のデパートはどこも盛況だった。私より一級下で、冬に伊勢屋で一緒にお針を習っていた寺谷さんは「ダイカイ」（大海）というデパートで買い物をしてくじを引いたら宝塚の観劇チケットが二枚当たった。私が松阪に住んでいたのを知っていたので誘ってくれた。松阪駅で待ち合わせをして、ダイカイが借り切った車両に宝塚のチケットを手にしたお客さん達を乗せて連れってくれた。一美さんのお兄さんが連れってくれた事があったので、二回目の宝塚だった。松阪の公会堂に演歌歌手の

「春日八郎」が来て一人で聞きに行った事もあったがその時は忙しくしている兄嫁に呆れられたのを覚えている。

見合いを何回かしながら、断ったり断られたりしてるうちに、何か仕事がしたくなり、父の口利きで新松越デパートに就職した。デパートの事務所で働くこととなったのである。これは私にとって大変なことだった。今までのように父の金で勉強したり習い事をしたりしているのとは打って変わり、お金もうけすることのきびしさ、つらさが厭という程身にしみた。経理の手伝いだったからペーパーの上で一円の金が合わなくても合うまでソロバンを弾いた。上司で私より若い男の子に手伝ってもらった事もあった。また郵便局への用使いにも行って書留で出すように言われたのに、その意味が分からず、そのまま投函して叱られたこと等忘れられない。田舎では家から郵便局までは三キロあり、父が一人で自転車で行って用事を済ませるか、郵便屋さんが配達に来た時に特別に頼んでいたので、私は郵便局に行った事もなく何がどうあるのか想像も出来なかった。また、デパートだから時折売子として店にも立ったが、口下手の私には戸惑うことばかりであった。けれども、この時期はよい勉強をさせてもらったと思う。苦しい中にも充実感がもてた。ほんの少し馴れた頃、慰安旅行があり、松茸狩りや、赤目の滝の見物等、楽しいひとときもあった。これが結婚前の四か月である。

灰色の中のブルー、そんな青春後期だった。ある日駅前の占いに寄って自分の将来をみてもらった。その人は、私が将来女の人を何人か雇って事業をする、と言うのである。余りにも失敗ばかりの現実とかけ離れていたので想像もできないことだった。私は灰色のまっただ中にいたのだから。

第七章　自立への道

　昭和四十四年三月、結婚して十年目の春である。夫は飯高町役場に勤務していた。義母が小さな小さな小物や菓子等を売る店を開いていたから、私は夫の出勤後は二人の子供を育てながら、義母の店の手伝いをしたり、その合間に洋裁、和裁、編物をしていた。近所の人から機械編みを教えて欲しいと言われ、二階の八畳間に編み機を置いて教えたりしていた。店を手伝いながらこの山間部の過疎化が進む地域では小さな商店はむつかしく、不景気になる不安と、私はもともと物を仕入れてこまかく売るということが嫌いだったから、どこかへ勤めてみたく思っていた。その頃、働ける場所と言えば、保育園の先生、役場、郵便局くらいで、役場や郵便局への就職は既婚三十歳では無理だと思った。他の仕事と言えば、田中家の田畑で季節が来たら田植えや草とり、山仕事で、そんな重労働はできないと思った。それで、姉が保母の資格を取って保育園で働いていたので私も家での勉強と津の学校へ行って講習を受けることにした。二人の娘を夫と義母に預け、松阪の義姉の家から津へ通った。ある日夫が次女を連れて松阪へ来た時、娘は初めどこに来たのか私が誰なのか、わからなかったようだった。私が自分の母親であるとわかったとたん私の胸に飛び込み大きな声で泣いたのは忘れられない。一か月くらいの講習後試験に通って保育士になった。私が保育士の資格を取った頃、戦後のベビーブームで子供があふれている頃だったので、明野高校に新設された保育科を卒業した生徒が就職活動を始めていた。私は町内の保育園には就職できず、保育士の資格を人に貸して義母が探してくれた郵便局で電話交換手をする事になった。その頃、大阪にあるハンカチの会社から夫が勤める町役場にハンカチを作れる工場がないか打診があった。そしてそれがちょっとしたことから結婚十年目に私がハンカチーフの縁縫いという縫製工場を開くこととなった。

結婚、というより嫁入りといった方が妥当だが、とにかく生活環境ががらりと変わったことはいうまでもないが、義母が家計の実権を握っていたから呑気なところがあった。しかし縫製工場は自分の責任で未知の仕事を開いたのだから、名実ともに自立への第一歩であった。まず工場を建てる土地を探して家の近くにある竹藪の隣の広場に目を付けた。森田さんの土地だったので、貸してもらえるよう交渉し、夫が職場から前借りした退職金の一部と、結婚する時に父にもらったお金と父が亡くなった時にもらったお金を使って工場を建てた。夫、義母と私の三人は近所で家にいる女の人に私の工場で働いてもらえないかと声をかけて回った。家の近くに主に下着を作っているアイワ工場があり、二十人くらい女の人が働いていた。近所には他に勤めるところも無く、女の人達は伐採後の田中の山へ鉈《なた》を持ち背負子を背負って薪になる木を拾いに行った。下に落ちた枝は無料で拾う事ができたので、自分の家の竈やお風呂を沸かすのに使い、残りは売って小銭を稼いでいた。他にはまだ手のかかる小さな子のお母さん達がいた。なので周りには仕事をしたい女の人がいっぱいいた。

以前から何かやらねばという思いを持っていたものの、実際にこの仕事を始めて下請工場の大変さが身に染みた。五里霧中で、暗中模索しながら出発した。従業員十人程でミシン八台、アイロン一台、裁断台二基、そんなようすで小さな小さな工場が建ち、開いたのである。親会社の名前を借りて、中西縫製波瀬工場と名付けた。夫の友人らが田引工場、森工場を同じころに開いた。三十五歳の春だった。田引工場は十年間の約束で土地を借りて工場を建てて、十年後に工場を閉めた。森工場は奥さんがあまり乗り気でなかったのか、工場を建てて物品もそろえたあと、辞めてしまった。一週間くらいはしたのだろうか。

毎日残業をしながら軌道に乗せどうにか仕事も続けられるようになって五年目に、

朝日新聞の「ひとときと」欄へ投稿して掲載された文をそのままに書いてみよう。

「不況下の四十歳」昭和五十一年十一月

「なあ、パーティやろうよ」と友人に話しかけたが、笑っているだけで返事がない。「三十代さよならパーティや」といったからか。昭和九年生まれの私たちも四十歳代の仲間入りをした。昭和九年ごろ不景気だったと聞いているが、人生の真ん中の四十歳を迎えた年が何とまた変動の多い不況の年だろう。小学校は戦時色のこい国民学校へ入り、五年生の夏に終戦。新制中学が制定されて入学、戦後の混乱の中で高校へ進学。高校のころから自分の顔にひどく劣等感を持つようになり、何事もひかえめに行動するようになった。それでも望まれて結婚、女児二人に恵まれた。結婚したとたんに世間の風当たりが強くなり、醜女ゆえに露骨に皮肉をあびせる老人らがいて悲しい思いをしたが、優しい夫と子供たちに支えられた。

この私の昨今は、数年前にはじめたハンカチ縫製の小さな工場のやりくり。今日はAさんは風邪でお休み、その穴埋めをしなければいけない。下請けの内職さんへ裁断を頼まなければならないし、仕上げのBさんがポリ袋が足りないといっている。会社への納品期日も迫っている。縫い糸の注文、ミシンの調整と朝から晩まで糸くずをいっぱいつけて走り廻っているが、この仕事が嫌いにならない。忙しいばかりで低賃金の内職工場が繊維産業の不況下にあって、いつまで仕事が続けられるかと不安におびえながらも、会社の温かい支配の下に長く続けられることを祈って、不況の世情にしかめっ面ばかりもしておれない。好きな俳句に十分時間がとれないのが残念だが、さて四十歳、自分自身の顔がつくれるものかどうか、がんばらなくては……。

野狐のよぎる大空星の降る　　終わり

それから十年余、また投稿掲載文である。

「ハンカチづくりの十七年」昭和六十一年十一月

ハンカチーフづくりの仕事をはじめて十七年になります。反物を裁断して、縁を縫う作業です。マッチ箱のような工場を建てて、ミシン八台、アイロン一台、おんぼろの中古トラック一台、そして働く仲間九人でスタートしました。今もこのスタッフと設備はほとんど変わりません。始めてから半年後にニクソンショックともいわれた繊維製品の規制が行われて仕事がなくなり、注文さがしに名古屋や大阪をかけ回りました。

ドルショック・オイルショック。アメリカがくしゃみをすれば日本が風邪をひくとかいわれて、下請け工場は大波小波にもまれます。それにつれて働く人の出入りもはげしく、過疎地でもあり、人数も六人と少なくなりました。夫は地方公務員で時間にしばられた身、あてにならないのは当然ですが、疲れて帰れば眠ってしまいます。月一、二回の出荷で大阪出張も、親類や兄弟に無理を言って協力してもらいました。トラックが途中で故障したり、雪の峠でスリップしたり、大変です。そして今また円高不況。ちっとももうかりません。けれどハンカチの縁縫はきれいで、かわいくて好きな仕事です。

働く仲間は、花の中年トリオに人生経験豊かな熟年、美しいヤングミセス。仕事の分担は、くじ引きで決めます。皆が引き終わったら一人が「発表します」とテレビの司会者よろしく読み上げて、一時ざわめきます。地味で根気の要る仕事を、朗らかに進めてゆくのです。ろくに勉強も見てやらなかった長女は、大学をでて名古屋へ嫁ぎ、看護婦になった次女は大学病院へ勤務しております。この四月、町役場を退職した夫はアマゴの養殖や山仕事のかたわら、ハンカチの仕事も手伝ってくれます。私もまだまだこれから、がんばります。

終わり

そして現在、景気も徐々に回復してきたのか、毎日が忙しく過ぎ、また人も十人に増えて毎日活気づいている。

大阪や名古屋の親会社とも信頼関係ができ相変わらず細々と仕事を続けている。今はあと何年続けて働けるだろうか、何年工場をやっていけるだろうかと考えるようになった。まだもう少し頑張って働きたい。生き甲斐にもなるから。

この「ひととき」への掲載文から今、令和になりあの頃どのように仕事をしていたのか振り返ってみた。

大阪から原反が届いたら、それを印刷された柄に沿って四角形に裁断する。裁断は工場でもやったが、内職さんの家へ反物を運んで切ってもらっていた。裁断が出来たという電話が入ったら、次の原反を持って取りに行く。その頃、波瀬ではまだほとんどの人が車の免許を持っていなかった。幸い私の夫は自家用車を持っていたので、仕事の後や週末に内職さんを回ってくれたが、私は免許を取ることにした。松阪の久郎兄さんの家から教習場へ通って規定よりは少しオーバーしたが、一か月くらいかかって免許を取った。波瀬で女の人が免許を取ったのは三番目だった。そのあと近所の男の人達も次から次へと免許を取って、マイカーが増えていった。

シートを倒せば荷台になる中古の軽自動車を買って、次の仕事を車に乗せて内職さんの家を回った。原反は重くて、手伝ってくれる人もいれば全部自分であげおろすることも多かった。

裁断が終わった布が工場に戻ってきたら、ミシン担当の人がその布の四隅の角をほん小さく三角形に切り取り、布の端を三巻の抑えで縫う。一辺の端に来た時、三角形に切り取られたところまで巻いて縫われているので、丁度きれいな角を作る。おばちゃん達は朝から晩まで、角切りをしてはミシンで縁を縫うのを繰り返した。多く縫える人で一日八十ダース、少ない人で六十ダース縫ってくれた。会社からは「一日千枚縫わなあかん」と言われていた。一ダース縫って、十円くらいのものだっただろうか。

ハンカチが縫えたら全部アイロンをかけて、仕上げの内職さんの家へハンカチとハンカチに貼るシール、ポリ袋などを数えて持って行く。

内職さんからポリ袋に入れられたハンカチが戻ってくると、それらを指示通りの部数に組んで茶色の梱包紙に包んで細い紙紐で結び、できたら、それぞれの包みの上に、商品番号、ローマ字で工場の名前と工場番号のスタンプを押していく。

そして、それをいくつか束ねて裁断した時にできた布端の紐で縛り、工場の入り口に積み上げていく。始めの頃は三重定期で大阪へ出荷していたが、夫が中古のトラックを買ってからは、自分達で大阪まで運んだ。当時は学校も役場も土曜日は半日で終わったので、土曜日の昼から大阪の会社へ出張した。会社は何時まで開いていたのかわからないが、いつも担当の人が待っていてくれた。夫の都合の悪い時に頼んでいたもーちゃんがほとんど専属で行ってくれるようになり、そのあとはたけちゃん。たけちゃんは土地勘が良く、すいすいと走ってくれた。姪の夫の徳ちゃんも行ってくれた。大阪まで高見峠を越えて片道三時間。荷物をいっぱい乗せたトラックで高見峠のでこぼこの舗装されてない急な山道を、右に左に折れながら越えていった。途中でトラックが故障したり、雪の日はスリップしたり、前から大きなトラックが来たら、道を譲って下がる時は下までトラックごと転がり落ちていくんじゃないかとハラハラドキドキの連続だった。無事、峠を越えて大都会の大阪に入ると、高速道路の料金所前では、三車線や四車線もある車道に長い渋滞ができて車がひしめき合っていた。うちの工場のハンカチは輸出品だったので、輸出入検査の事務所へ寄って、輸出入検査証をもらって会社へ行かなければならなかった。荷物の抜き取り検査である。二つ三つの荷物を取って中身を調べられドキドキしたが、間もなくそれは会社の方でしてくれることになった。無事、納品してまた新しい反物をトラックいっぱいに積んで、家へと向かった。奈良県側の高見山の麓に着くころには真っ暗で、峠を越える道中、昼間は所々に停まっていた山行きさんの車も停まっていない。暗い山中を家のトラックだけがデコボコ道を走っていた。人気の無い暗い山道で狐や狸の親子連れを目にすることがあった。今のように鹿や猿を見ることはなくこんな小動物かイノシシくらいだった。暗闇にライトに光る目はちょっと不気味だったけれど、民家の明かりが下の方に見えた時は、無事帰ってきたとホッとした。

工場では九人がミシンを踏んで、一人がアイロンを専門にかけてくれた。内職さんも十人くらいいた。私は仕事の采配と時間が空いたら、その時に一番必要な仕事をした。ミシンかけ、アイロンかけ、原反の裁断、梱包。給料計算ができたら信用金庫へ電話をしてお金を持って来てもらい、給料袋へ入れて渡すことができた。

昭和四十年代後半から義母は老人会の旅行に出かけることが多くなった。大きな観光バスが波瀬までやって来て、北は北海道、南は九州まで頻繁にでかけるようになった。帰りのバスの中は長旅の疲れは見えず皆やっと自分達の故郷へ無事に帰って来たという満足気な表情と、両手では抱えきれないほどのお土産でひしめいていた。このお土産をどこへ持って行くか、義母によく一緒に考えさせられた。当時は当たり前と思っていたが、今、写真を見ると全員よそ行きの着物姿で写真に収まっているので驚いてしまう。着物を着て満員の長距離バスや船に乗っての旅行は、明治生まれで雑貨屋と子育ての毎日に追われてきた義母にとっては、豊かな時代になった冒険旅行だったのかもしれない。

会社では社員旅行、夫の職場でも職員旅行があった。そんなバスツアーの波が私の工場にもやってきた。仕事を始めて二、三年たった頃に、初めて皆を連れて長島温泉へ「美空ひばり」を見に職員の子供達や娘二人も連れて行った。実家の義姉、節子姉さんのするハンカチ工場と一緒にバスツアーに参加した。節子姉さんは、私が工場を始めた一か月後にレース専用のハンカチ工場を始めたのだった。二つの工場が一緒になっても観光バス一台分には定員が満たなかったので、松阪まで自家用車四台に分乗していった。夫と私、繁兄さんと節子姉さんの従兄の重吉さんが車を出してくれて一緒に旅行した。主に兄が陣頭指揮をとっていた。その後も宝塚や四国など、年に一回は日帰りか一泊の旅行を企画した。十年くらい続いただろうか。義母の具合が悪くなり、工員だけで行ってもらったこともあったが、さすがに周りからひんしゅくを買ったのを今でも覚えている。

不景気が続いて大阪の仕事が少なくなり、思案していると田引工場の方が名古屋に仕事があると連絡をくれた。私は菓子折りを持って一人で名古屋の会社を回った。始めの二軒の会社では相手にされなかったが、最後の会社の方はとても親切で「わざわざ遠い所から、こんなとこまで来なくても良かったのに」と労いの言葉をかけてくれ、私を名古屋駅まで車で送ってくれた。それ以来、その会社から仕事を回してもらえるようになった。大阪の仕事より、名古屋の仕事の方がうんと賃金が良かった。子育てで一番お金のいる時は、賃金の安い仕事がまわってきていたが、子供達が成長してからは賃金が良くなり少しは余裕ができ蓄えもできるようになった。

第八章　家族のあゆみ

お父さん（夫）が荷造りをしている。ハンカチーフの製品を段ボールにつめている。ハンカチといっても三百打数・五百打数となれば相当の重量になるが、発送のため一生懸命汗を流してバンドをストッパーで止めて荷物をつくってくれている。

夫は昭和六十年十二月に予定より四年早く飯高町役場を退職した。勤続三十年だったので退職金も普通にもらえたし恩給もある。今は私が十六年間やってきたハンカチ工場を手伝っている。今年で五年目だ。すっかり落ち着いて、今年は自治会長と地区で六十ヘクタール程の共同山の組会長もやっている。毎日元気で自分の好きなアマゴの養殖にも励んでいる。

次女の直子が小学六年生の卒業まで後幾日もない頃、小学校合併による校舎お別れ会があった。ピアノの伴奏をした直子の姿がよみがえる。長い髪を背中までたらし、私の手製のコールテン地の花模様のツーピースを着てピアノを弾いている。それに合わせて皆が歌を唄った。また長女の顕子が小学校四年生の夏休みだった。宿題のほとんどが出来たが、工作だけが残っていた。私はこれくらいは見てやらねばと勉強部屋へ座ったものの、いつの間にかうたたねをしていた。顕子は私がそばで居るだけで満足したのか一人でボール紙を切っていた。その工作が金賞に選ばれたのだった。

また時は経ち、しっかり者の姑も九十歳となりほとんど寝たきりの毎日である。顕子は結婚し可愛い男児を産み達也と名付けた。「オバアタン」「ジイジイ」と夫が大好きである。この孫がたまに帰ってくるのを楽しみにしている。今は直子が交際している人と結婚が出来るよう願っている。

次はこの自分史を書いていた頃の「ひととき」欄への投稿掲載文である。これは後に我が家の「ひととき」事件となった。

「平和を願う戦死者名鑑」平成元年二月一日　前川妙　縫製業・五十四歳

主人の兄が中国中部で戦病死したのは、二十二歳だった。若くて貴い命を国のために落とさねばならなかった。終戦の年七月だったから何も遺品がない。新年度に飯高町では「戦没者名鑑」が作成される。町職員や遺族会の役員さんらで準備がすすめられているが、戦没者は六百人を超える。過疎地で、遺族の消息すら不明な人もいて、名前ばかり残っている人もあるらしい。回想録や写真なども載せられるので、私も義母や親類から聞いたことを書かせてもらった。

義兄は、旧制の久居農林学校を卒業後、名古屋の材木会社へ就職し、一志郡川上村で木材の伐採や植林などの管理をしていた。十八年二月、召集令状を受け出征してゆく日は、氷雨の降る寒い日だったたという。

近くの神社であいさつをしてバス乗り場まで歩いてゆく途中、親類のお年寄りから「生きて帰って来いよ」と声をかけられ、思わず涙をこぼして行ったそうだ。「国のため」という誇りは高くても、その陰には権力に強いられるままに死を覚悟して従わねばならなかった。治る見込みのない兵士も十分な治療を受けられただろうか。日々衰弱してゆく体を横たえて、肉親のこと、故郷のことを望郷の念にかられながら、悔しさがいっぱいだったろう。

今、我にかえると、この平和な世の中。昭和から平成の世となり、戦争は遠くなった感じがする。平成元年の予算案が報道され、大きな関心を集めている。義兄やその他多くの戦没者は、世の中の移り変わりを知ることもなく、無念の思いを抱いて世を去られた。その気持ちにこたえるのは、やはり平和な世の中を守ることだ。消息のわからない遺族の方々が一人でも多くみつかって、立派な戦死者名鑑が完成することを祈りつつ「どうぞ安らかにお眠り下さい」と合掌する。

終わり

しばらくして私は覚えのない人から一通の手紙を受け取った。

吹く風はまだまだ肌寒さを感じさせますが陽ざしのきらめきはもう早春のものでございます。

突然、お便りをさせて頂きます不躾おゆるし下さいませ。過日、二月一日の朝日新聞へ御投稿なさいました「ひととき」欄の「平和を願う戦死者名鑑」と言う貴女様の記事を拝見したものでございますが、もしかしてその義兄様のお名前は前川傳一さんとおっしゃるのではないでしょうか……？　名古屋の材木会社は材総さんと言い、同僚や上司の方もおいでになりましたね。もし、その前川さんだったら……と、こもごもの思いで何から書いていいのかしら、と今日迄思いまどってをりました。あれから、もう四十余年、時効になりましたから、とペンをとったのです。こんな言葉を書くのも面映わい年令でございますが、前川さんとは出征なさる前、将来を誓いあった恋人同士でございました。前川さん宅は旧家と聞いてをりましたし、私の家は貧しく、とてもつり合う御縁ではないと思ってをりましたので、実現させようとか、どうしても一緒に、と言う固い決意ではなく、私の夢として終ってもいいと思っていたのです。今の若い人同志の様な積極的な行動はさらさらなく、前川さんも高潔なつつしみ深い方でございましたので、心と心で結ばれていただけの清らかな美しい恋でございました。まるで伊藤佐千夫の「野菊の墓」さながらのあまりにも儚い恋物語りだったのです。戦場へ行かれてからもしばらくは葉書のやりとりは続きました。検閲の厳しかった当時の軍隊の事ですから女々しい事や本当の気持は書けません。粗末なハガキでした。

「一葉の葉書へ小さく御武運を
　祈ると書きしは吾の恋ぶみ」

お便りが途絶えてからの或る日、同じ会社へおつとめの土地の方から戦死なさった事を知らされたのです。頭から血の引いてゆくのを感じました。
後日、名古屋の上司の方から「前川君、いけなかったね」とやさしい慰めの言葉をかけられました。
まだ二十歳を過ぎたばかりの私は唯うつむいて涙を流すばかりでした。こうして私達の青春は戦争のためにうばわれてしまったのです。限りない恨みを残して戦いは終り、その後、やはり戦いに傷つき帰還した上半身ケロイドだらけの主人と結婚して、現在に至ってをります。

今の私はもう六十四歳、髪も白く、六人の孫があります。三人の子供達は都会へ出て行き年老いた主人と二人、この山里に相変わらずの貧しい、つつましい生活を続けてをります。

何かの御縁でしょうか、次男の嫁は飯高町からきてをります。川上の山を一つ越えると飯南郡ですので、もう何度か飯南郡へ行き乍ら波瀬迄は行った事がなかったのですが、今、勤めてをります職場の先生の御案内で仁柿峠を越え、波瀬の虹の泉や林業センターを見学させて頂き、此処が「波瀬」かと知り、心の中で合掌して帰りました。三年前のことです。

「大霜の征途送りて還らざる
　人折ふしの眼うらに顕つ」

「二十才の面影たもちて故郷へ君還る
　春暁の夢さめてはかなし」

亡くなられた事を知った後、幾たびも夢に出て来るあの人は、あの当時の若さのままなのです。

或る時は夢か現実かわからなくなって、訪ねて行けば、あの横井さんや小野田さんのようにお元気で故里の家にいらっしゃるのではないだろうかとも思いました。本当にそう思った事があるのです。

「ひととき」を読ませて頂き、あらためて戦死の報を聞かされた思いです。

下手な歌でつづる鎮魂歌を捧げて御冥福を祈ります。

私の知っている前川さんと仮定して書きましたこの手紙、知らないおばあちゃんのロマンスとして、お読みください。職場のお昼休みに書きましたので粗書で失礼します。乱筆御判読ください。

樹々を濡らす早春の雨の午後です。

二月十七日

かしこ

○○　△△子

前川　妙　様

あまりにも予想外のことで、夫、家族はもちろん夫の兄弟姉妹、親戚中で驚いた。

お盆に夫の兄弟姉妹が集まった時は、皆、大きなショックと驚きと嬉しさが入り混ざって言葉にならなかった。夫は娘が帰ってきた時に「ラブレターが来た」と言って我が事のように喜んでいた。義母は私に「傳一にはええ人がおってん」と言っていたのを思い出して、この手紙を読んで聞かせてあげたが、老衰で伏せていた頃なので、わかっていたのかどうかはわからなかった。

半世紀以上たって今も波瀬の地蔵寺に戦死者の墓が並ぶ。義母から受け継いで今は私が毎回お参りしている。このお墓にお参りする人が少なくなり荒れているお墓が目立つようになった。娘に「この人たちは、いったいどうなっているんやろ」と言うと「どうって？」と返事。「紙が入っているだけなんやろ？」と言うと「中国の土になったんやろ」と娘は言う。「それでもさ」と言うと「骨が？　魂のこと？」と娘。二人とも「どうなってるんやろなぁ」と言いつつ手を合わせる。

第九章　それから

この自分史を書いてから三十年以上が過ぎ、たくさんの事が思い出される。

落方から桑原へ嫁いだすえこさんは「三重俳句」に入っていて、桑原で月一回「句会」を開いていた。義姉の節子姉さんや北川へ嫁いだぬい姉さんも入っていた。ハンカチ工場を始めた頃、森本先生に声をかけてもらい、私も入れてもらった。その時はすえこさんではなく息子のお嫁さんの雅子さんが主になってやっていて、節子姉さんもぬい姉さんも退会しており、一緒になる事はなかった。私はそれまでは短歌を作っていたので、俳句は初めてだった。月一回学校や役場の部屋を借りて二十人余りの人が集まり、発表と添削を楽しんだ。三重俳句の会報に載せてもらっていたが、途中から飯高広報にも俳句欄ができ、それからはそちらに載せてもらうのが楽しみだった。近藤店のふーちゃん、菊ちゃん、みっちゃん、そのほか上手な人がたくさんいたので勉強になった。従姉のすみちゃんはいつも良い句を詠んでいた。その時の会員の広報に掲載された句を少し集めてノートに書いてみたが、ほとんどの人があの世へ旅立ってる。いつどうやって終わったのか辞めたのか覚えてないが、「句会」が無くなってからも旅行に行ったり何か心動かされた時は俳句を詠んだ。

五十代後半から、兄弟姉妹が桑原の実家へ集まる事が増え、兄弟姉妹水入らずで昔話に花が咲いた。ツルちゃんが八つ下になる和郎を背負ってよく子守をしていた。重くなったので土手の上の田んぼのあぜ道に座って後ろで抱えていた手を解いて、一休みし、いざ帰ろうと振り返ったが和郎がどこにもいない。和郎も後ろで休んでいるものと思っていたのでびっくりして辺りを見回したけれど、どこにも見当たらない。「まさか」と冷やりとした気持ちで下をのぞき込むとその土手の下に和郎が転がっていた。びっくりして下まで降りて拾い上げたが和郎は怪我一つしていなかったので、ホッとしてまた和郎を背負って何事もなかったような顔をして家へ帰った。親に言うと叱られると思ってずっと誰にも話さなかったんだと言う。その話を聞いて、久郎兄さんが自分はふさ子姉さんにまくられたと言っていた。ある時は繁兄さんの車で兄弟姉妹みんなで高野山へ連れってもらったこともあった。また私はツル子姉さんを誘って夫と北海道へ観光旅行、冬は姪の京子を誘って夫と三人で「雪祭り」を見に行った。

地区の文化講座では、福井先生の講義があって、その年の大河ドラマが講座の課題になると、私の好奇心も深まった。そして、その歴史上の場所である京都や奈良へ連れってもらった。

夫は退職後土地を借りてアマゴの養殖を始めた。良い時も悪い時もあったが、自分の小遣い稼ぎを楽しんでいた。その頃から郵便局を定年退職していた魚好きの次郎さんと一緒にアマゴの養殖場に行ったり、出かける事が多くなった。次郎さんは若い頃から魚が好きで、アユの解禁日は釣りのお客さんも多かった。「私は魚を触っとるとええんや」とよく言っており、魚料理も上手でアマゴの塩焼きのみならず、甘露煮は最高に美味しかった。夫も私達も飼っていたアマゴや川で釣ってきた鮎を好んで食べるというわけではなかったが、次郎さんの魚料理が美味しかったので有難く頂いた。

昭和四十八年頃、鮎の解禁日は日曜日で土曜日から準備にかかり、波瀬中がお祭り騒ぎのようだった。夫や近所の釣りをする人は朝早くから川へ行き、私は弁当を作って子供達と川へ持って行った。だいたいの場所は聞いていたが、釣っているときに移動するので見晴らしの良いところから夫を探して川まで降りて行った。子供は何匹釣れたか数えたり、竿を持たせてもらったりと、はしゃいでいた。一つのケースだけで足りなくなって、釣った鮎を家へ持ち帰り、水の張ったカメへ入れてまた出かけていった。釣れる時は三十四、四十四と釣れたが、家の者はほとんど食べなかったのでご近所の釣りをしない人に貰ってもらった。歳をとってからは鮎釣りに行かなくなったけれど、アマゴの養殖をして魚に触れ、注文が入ったらお店までアマゴを持って行った。

昭和六十年頃、地域の活性化対策の一つで、山林舎という宿泊施設のそばの川で、アマゴのつかみ取りができるように浅い生け簀ができた。夏の間、夫と次郎さんはその生け簀へアマゴを運びこみ、お客さんの対応をした。お盆には波瀬で育った子供達がその子供達を連れて帰ってきたり、山林舎の宿泊客や旅行客がきて、一緒につかみ取りをしていた。取った魚は次郎さんが塩焼きにしてあげて、持ち帰りもでき繁盛した。

その頃、夫は自治会長をしていたので、林業センターで行われる「波瀬祭り」の準備などでも忙しかった。昔は露店も並んだが、今は二軒ほどの店が来てくれるだけで、他はそれぞれの地区から店をだしていた。「うなぎのつかみ取り」「ヨーヨー釣り」「金魚すくい」など、お店の前は親子連れでにぎわっていた。盆踊りはと言うと、昔は三重の円になって踊っていたが、今は踊り子が減ってしまった。それでも一番賑わう時間には二重の円になって踊ることもある。踊り屋台では太鼓を叩いて、音頭取りは皆さんが喉を競っていた。音頭取りと踊り子との掛け合いも前ほどの活気が見られないようになった。

飯高町に「盆踊り保存会」が発足した。森地区、川俣地区、宮前地区、そして乙栗子から上が波瀬地区で、私は「波瀬盆踊り保存会」のメンバーになった。メンバーの音頭取りは、先の三人に四人が加わった。踊り子は男女あわせて30人くらいいたと思う。年一回飯高西中学で行われる「盆踊り大会」で踊ったり、何の催しか忘れたが旧松阪市内まで行って踊った事もあった。保存会発足の年に町内で盆踊りコンクールがあり私達は「祭文踊り」と「たんだ踊り」を踊って優勝した。この時の音頭取りは、いつも誰もが聞き惚れる歌声ののぶちゃんだった。そして「祭文踊り」が「飯高祭文踊り」となった。次女の直子が中学生の時で、体育祭で全校生徒が輪になって踊った。

波瀬の盆踊りは「祭文踊り」「やっこ踊り」「はせ踊り」「ふたつ拍子」「やっちょん踊り」「たんだ踊り」「藍引き踊り」の七曲で録画され残すことができた。

盆踊りではないが、私が高校生の頃（昭和二十五年〜）にはもう歌われていた「波瀬小唄」というのがあり、踊りの好きな義母は仲間と集まってはこの「波瀬小唄」も踊っていた。学校の運動会には婦人会が紺色の文化コートを着てよく踊られた。その頃は踊る人も見物人もたくさんいて、婦人会の順番がくると、ぞろぞろと踊り子が出て来て輪になって踊りを披露した。少子化と共に小学校が閉校、合併しいつの間にか運動会の演目から消えてしまった。「盆踊り保存会」で賑わっている時に、地域活性化に再び「波瀬小唄」の話が持ち上がり、「波瀬小唄発表会」が催された。小林先生が振りに手を加え浴衣に法被を着て、私も参加して踊った。大勢の人が見ているし録画されるということで、とても緊張した。今、踊れる人も踊りを覚えている人もほとんどいなくなってしまった。録画したビデオを私はＤＶＤに録画して月一回高齢者の集まりの「きらく会」に持って行ってみんなで見たけれども踊りに興味のある人は関心を持って見てくれた。

「波瀬祭り」で打ち上げ花火が上がることになり家も寄付をして、楽しみに待った。周りは山ばかりであるが、祭りの行われる林業センターのあたりは少し開けている。田中本家の材木置き場の材木は片付けられ準備を整えていた。花火が始まった頃は音が聞こえ始めたら外へ出て家の前にある中山の上に花火の輪を見ることができたけれども、最近は中山の木が大きくなってしまって殆ど見えなくなってしまった。

そのため、歩いて林業センターの上にかかる橋まで行って眺める事もある。宮川や熊野の花火は夜空いっぱいに広がる大輪の花だけれども、この山間部の花火は低く上がる小輪の花。十分あまりの打ち上げ花火の時間になると盆踊り以上にたくさんの人が集まり、一つでも見逃してはいけないように、次に上がる花火を誰もが言葉少なに夜空を見上げて待っていた。子供達の小さい頃、花火が飛んでうちの畑の小さな物置小屋が焼けたことがある。小輪の花火でも周りは山々に囲まれている。消防さんも待機している。花火が終わると無事に花火をあげてくれた花火師さん、消防さん自治会の皆さんに感謝の拍手が送られる。この辺境で上げられるこじんまりとしたアットホームな花火が、かえって贅沢な気持ちにしてくれる。

夏祭りが終わり子供も孫もみんな帰っていった。夏のお客さんで賑やかで忙しかったお盆が終わってから住民だけの盆踊りがあった。いつごろからいつまでやっていたのか覚えていないが、踊り好きが集まって踊って夏が終わった。

次女が結婚して長女の息子が五歳になった頃、長女から香港旅行の話が持ち上がった。香港で仕事をしていて奥さん子供と香港に住んでいる幼馴染みに会いに行こう、と言うのである。近所の長女の同級生で子供の頃からよく知っている彼とは毎年年賀状兼クリスマスカードを送ってくれていたそうだ。三家族の意見がまとまり、私と夫は初めての海外旅行に行く事になった。彼のご両親や兄弟姉妹はだれも香港へ来ていないし来ないと思うと言っていたが、私達は家族全員で押しかけ、何年ぶりかで懐かしい顔を見ることができた。中国返還前の香港はとにかく人が多くて、迷子にならないように必死で娘達に付いて歩いて、あっという間に終わってしまった。次は娘夫婦がイギリスにいた時、夫と長女、孫、姪と五人でロンドン、娘夫婦の住むバーミンガム、湖水地方へと足を延ばした。最後はシニア用のツアーでオーストラリア旅行に夫と二人で参加した。シニア向けだけあって添乗員さんが私達世代の対応に慣れており、娘達に一生懸命ついて行く旅行と違って余裕のあるホッとできる旅行になった。

日常に戻るといつものように夫は次郎さんとよくパチンコに出かけていた。大阪への出荷にも行ってくれたが、歳をとったのと納品も運用会社で賄えるようになったので大阪行きは無くなった。六十代終わりには工場に来てくれる人も、高齢化し辞めていって最後は親戚でもある綾ちゃんと二人で気楽に仕事をしていた。その頃から、車に夫を乗せて病院へ行くようになった。五年に及ぶ癌との闘病生活が始まった。検査と治療の入退院生活を何度か繰り返し、最後はホスピスの病院で見送った。

七十五歳だった。

そして、私はハンカチ工場をたたむ事にした。借りていた土地を返すため、解体業者に頼んで工場を潰して片付けてもらった。私はこの寂しい過疎地でとうとう「おひとりさま」になった。右も左も全て筒抜け、良い人も嫌な人もいる。いつもこの狭い世間の目を気にした生活に息苦しさもある。田舎の「おひとりさま」はここで住む以上自治会の活動には参加しなければならないし、役がまわってきたら引き受けるしかない。一人になった頃は何をするにも人に見られている気がして、馬鹿にされないようにと気を張っていた。ハンカチ工場の土地を森田さんにお返しし、家の大掃除をして粗大ごみを姪に頼んで何度も捨てに行ってもらった。置いておいた方が良いものまでポイポイと捨てるのは若い頃からの私の癖で捨ててしまって後悔したものもあるが、古い木造家屋の二階が軽くなり風通しも良くなってすっきりした。一階の台所は幼馴染みの大工さんに言ってリフォームしてもらったので部屋が明るく綺麗になった。

車も新しくした。免許を取って三十年以上ずっとマニュアルの車を運転してきたが、新車に合わせて乗りこなせるかやや心配だったがオートマ車にしたら、とても簡単で便利だった。これで桑原の実家を訪ねたり、松阪に住む姉の家に行く事ができた。姉の近くの携帯ショップでらくらくホンを買って、姉に教えてもらいながら使えるようになった。また、ある時は姉と松阪駅前のホテルに泊まって伊勢に行って旅行気分を味わった。

私の「おひとりさま」の日常は人もいない活気もない田舎暮らしで、淋しさ心細さと気楽さがごちゃ混ぜになったまま動き出した。

ある日、老人向けの雑誌をパラパラめくるうちに、着物のリフォームに目が留まった。嫁入り道具に父に買ってもらった着物がたくさんある。一度も手を通してない着物もあるし義母の着物も夫の着物もある。火が点いた。

寝かせておくより、服に仕立てて着る方が着物も喜ぶと思いリフォームを始めた。出来不出来はあるが、新しいミシンも買って様々な服が次から次へと出来ていった。日々、肩こりと楽しみの往来である。服が出来上がったら、着ていく場所を探さなければいけない。親戚、コンサート、講演会。

月一回ある「寿大学」へ入学した。午前中は講演会があり、午後は希望のクラスを選択。一年目は体操のクラス、二年目からは手芸や着物のリフォームを受講した。先生があらかじめ布を用意してくれるので、着物を解く作業がなく、ほぼ時間内にできた。先生の他の教室も合わせて飯南町でファッションショーがあり、私も自分でリフォームした服を着ててるちゃんと二人で舞台を歩いた。ほんの数秒の事だけど、ドキドキして頭が真っ白になっていた。こんな年になって舞台に立って人の注目を浴びるとは、恥ずかしながらも笑えてくる、そんな満足感があった。終わったら娘二人が待っていたが、私が間違わずに歩けたことにホッとしたようだった。

家の近くにある公民館で高齢者のための「きらく会」というのがある。月一回の集まりで、社協の人が来て、十時ころから参加者が順番に血圧を測ってもらい、お昼のお弁当を食べてからカラオケやゲームをさせてもらい十四時頃解散、春と秋に遠足がある。昨年の正月の百人一首では、私の独り相撲だった。三つ子の魂百まで、若い頃に覚えた百人一首は今でも上の句を聞くと下の句が出て来る。まだまだ孫にも負けてない。

夫が亡くなり寂しくなったのと私が元気なうちにと娘二人が旅行しようと言い出した。長女の仕事の休みに合わせて、春と夏によく出かけた。東京、東北、日光、金沢、出雲大社、ハウステンボス、などなど。女三人のちょっとリッチで気楽な旅行は楽しいながらも付いていくのが精一杯でどこへ行ったかも忘れてしまう有様だが、一つ所にじっとしていられない私は毎回出かけるのは楽しみだ。前々からハワイに行ってみたいなぁと漠然と思っていたけれどチャンスが無かったし、歳をとっていくしで諦めていた。今、八十代。体調の良い時悪い時はあるけれど、身体も気持ちも元気があったのか「行くのなら今かも？」と思い娘たちに声をかけて念願のハワイの旅に出かけた。空港や街中は恥ずかしながら初めての車椅子である。毎日散歩もしているし、特に痛みもなかったけれど、広い空港内や街中を娘たちと一緒に移動するには、私は十分車椅子適応者で快適だった。二〇一六年八月の事である。

この夏以降ニュースで高齢者の悲惨な自動車事故を見るようになった。バスも電車もタクシーもない。店もないところで、不安ではあったが、その年末に自動車の運転免許証を返納し、軽自動車も引き取ってもらった。ウィークデーだけ一日三本走るコミュニティバスだけが交通手段になった。有難いことにそのコミュニティバスは私の家の近くから出ていてスーパーの前まで行ってくれる。自分で行く買い物は楽しいが待ち時間があったり、買いすぎて荷物が重くなったりする。免許証を返納する前から始めていた生協が家まで持ってきてくれるので改めて助かっているとわかる。生協仲間は毎週水曜日の昼から私の家に来て話をしながら生協さんが来てくれるのを待っている。週一回のたわいもないおしゃべりができてありがたい。偶然ではあるが、それぞれの子供達がみな同級生である。

年が明けた正月、左手が動かなくなってきた。脳梗塞だと思ったら頚椎症で手術することになった。ハンカチ工場をしている時もちょっと頑張るとすぐ疲れてしまい、こっそり家へ帰って二、三十分横になる事もしばしばあった。そうすると楽になるのでまた仕事に戻り遅くまで仕事するというような時期があった。それでも大きな病気やケガをしたことは無かったので「どうなるんやろ」と思った。人生最初で多分最後の入院、新しい病院の個室は心地よく私の不安を束の間和らげてくれた。手術の日までに私の左手は全然動かなくなり、皺も消え蝋人形のような手になっていた。麻酔から覚めた私は元気で翌日から食事もでき、何より三日もしない間に私の手は以前のように皺が見え始めどんどん動きを取り戻し、指先に痺れは残るものの一週間で腕も指も動き出した。手遅れなら私の手は死ぬまで動かなかっただろうと思うと、ここまで治ることができた全てに感謝した。

　あれから三年が過ぎ、私はまだ田舎でなんとか一人暮らしをしている。寿大学は卒業し、月一回の「きらく会」、水曜日は生協で近所のおばあさん友達が来てくれる。家の近くから出るコミバスに乗ってスーパーへの買い物も気分転換になる。最近デイサービスに申し込んだら週一回行けるようになった。指のしびれはあるものの、行ってみると車椅子に乗った方がいて足腰がまだ弱ってない自分にはちょっと早かったかなと戸惑った。でも私は一人で家にいるとメソメソと気持ちが暗くなる。気持ちの方が弱いのだ。実家も親戚も兄弟姉妹も皆逝ってしまって近所には前のように親戚がいなくて寂しい。ところがデイサービスに行くと普段会えない町内の人と会って話せるようになった。カラオケも覚えて家で練習していたら、私の声が前よりでるようになったと娘がびっくりしていた。おかげさまで今はデイサービスの日が待ち遠しい。着物のリフォームも少しして、お地蔵さんの前掛けは今も年二回作っている。新聞広告で読みたい本を見つけ出版社へ電話するとすぐ送ってくれる。高倉健、世界遺産のDVDや古本もいっぱいある。何度も漱石を読み直しているが、最近はよく忘れてしまうのでキリがない。散歩に出ても誰にも会わない時もあるが、きみちゃんと出会った時は少し話して帰ってくる。きみちゃんの家の周りは夏になると蛍が飛ぶのでその時を教えてもらったら一人歩いて見に行ってくる。

私の住んでいる家は親戚に波瀬の一等地とからかい半分に言われるだけあって、田舎ではあるが「町」と言う名の地区で家が立ち並んでいる。両隣もまだ健在でお互いが「見守り隊」、そして町全体が大きなケアハウスのようだと娘は言う。家の近くから出るコミバスが春は桜並木の下を、秋は紅葉した木々の下を走ってくれる。若い頃はもっと便利な文化会館、カルチャーセンター、病院などのあるところに住みたいと思っていた。今は長年一緒に暮らしてきた地域の人々と四季折々の景色に元気をもらっている。今この生活をさせてくれている亡き夫と姑、すべてに手を合わす感謝の毎日である。

第十章　母の「自分史」

（山本　直子）

昭和の終わりころ「自分史」ブームが起こったそうである。若い頃から書くことが好きだった母は通信教育の「自分史」講座を受けてそれまでの人生を書いた。まだ五十代前半だったけれども、原稿はその頃生きていた兄弟姉妹に読んでもらって昔話に花が咲いたようだ。私と姉も読んでみたが、その当時母から直接聞いていた話もあって強い関心を持つことも無く、原稿は茶封筒の中に眠っていた。

二〇一六年、私はお世話になったアイルランド人の英語の先生から母が生きている間に昔の話を聞いて書くことを勧められた。その三年ほど前からメールとSkypeを使って英作文の指導を受けていた。その時は、亡くなったばかりの叔母の話を題材に書いて添削を受けている間に一冊の本が出来上がってしまった。とても次を書く気持ちにはならなかったし、叔母に比べて母の人生は平凡で、あまりにも身近で見てきたので特別書くことがないと思っていた。ハンカチ工場も生活のためにやってきた事で、工場を持ったために忙しすぎて家族としては振り回される事もあり不満の方が多かったからかもしれない。が、突然母の「自分史」の第一章の「こまったいぬさん」が頭をよぎった。「こまいぬ」と読まずに「こまったいぬ」と読んで兄弟の笑いを得たのは覚えていたが、他に何が書かれていたんだろう。早速母に連絡を取って読ませてもらった。三十年以上前に読んだ時、母の実家には叔父が住んでいて、まだ人の出入りがたくさんあり母の若い頃の暮らしが遠い昔には感じなかった。今回あらためて読み始めると母の子供の頃の暮らしは遠い遠い昔話で歴史の一部になって、先生のクリスティンの言う「リビングヒストリー」そのものだと思い、この母の「自分史」を元に書いてみることにした。

家の中の様子や当時の生活について、母は私とクリスティンからの質問攻めにあったけれど、パッチワークを貼り合わせるよう少しずつ思い出したのを繋げていった。この作業をしていると、私もいろいろ思い出してきた。その一つが松葉の家の二階の小部屋に母が子供のころに貼ったというルノワールの絵だ。母は全く覚えてなかったので現在の居住者の方に訳を言って見せてもらった。その古びた家の古びたルノアールを見た時、子供の母や伯父伯母達がここに居たんだと思った。

母のハンカチ工場にもよく遊びに行った。私は家に祖母がいつもいたので、学校が終わっても家で過ごしたが、工場に行くと家に祖父母のいない子供達が遊んでいた。遊んでいてケンカになって泣いてハンカチを縫う母親の側で眠ってしまう子もいた。私は子供が母親の職場に来ていて、そして工業用のミシンが何台も動くひどい騒音の中でよく眠れるなぁ、とでも思っていたのだろうか。その光景を覚えている。

あるとき、仕事が終わっていつものようにおばちゃん達が帰る前の掃除を始めた。子供達は工場の外に出たり入ったりして母親を待っていた。掃除が終わって、さあ帰ろうとなった時ゆきこちゃんの姿がない。私もさっきまで一緒に居たのに消えてしまったので不思議だった。みんな声を張り上げて名前を呼んだり谷に落ちたんじゃないかと探し回ったが見つからなかった。波瀬神社のほうまで探しに行ったゆきこちゃんのお母さんはそこから工場のほうへ振り返ったとき、道の下の茶畑で横たわっているゆきこちゃんを見つけた。幸いけがが一つなかったので良かったが、後ろ向きに歩いて道から落ちてしまったようだった。みんなホッとして母親に手を引かれたり、重たいのにおんぶしてもらって帰って行った。

母は翌朝一番から縫えるようにとハンカチの角切りを夜の食事の片付けが終わってから家でしたり、出荷間近になるとシール貼りから袋詰めを父と二人でしていたので私もよく手伝った。仕事はいつも予定通りにはいかず、納期に追われて夜なべをしたり、納期を急き立ててくるのに不足しているシールや小分けの袋が届かないとイライラして怒りながら大阪の会社へ電話していることもあった。大阪へ納品するとき、母が行かず私が父に付いていく事も何回かあった。トラックを運転中の父へ水筒からお茶を蓋のコップに入れて渡したり料金所が近づいたらお金の用意をした。やっと会社へ着くといつも遠路よく来てくれたと迎え入れて父と私にお茶を出してくれた。オイルショックの時、トイレットペーパーがなくなるという噂が広まり、母は会社の人に頼んでトイレットペーパーを買っておいてもらった事もあったが、あるとき会社の人に「お母ちゃん怖いなぁ。ぼくいっつも怒られてるんや」と言われたことがあった。電話での日頃のやりとりを聞いていたので私は何も言えなかった。母の「自分史」を読んで知ったが新松越デパートで働いた時、書留も出せず上司から怒られたとは思えない変わりようだ。一番驚いていたのはハンカチ工場の仕事を持ってきた父と陰ながら母を助けた祖母だったかもしれない。まさかこんなに忙しくなるとは思っていなかっただろう。

いろんな失敗もあったそうだが、海外へ出荷されるハンカチは工場の番号が押印されていた。母の工場の番号のハンカチは綺麗だと言われていたそうで、それは仕上げのアイロンかけの時、几帳面な父がハンカチの糸くずを丁寧に取り除いていたからだと母はよく言っていた。

私が子供のころは仕事と家事の合間に私と姉の服もよく作ってくれた。句会に入って勉強会に行っていたが、句会をやめた後も折々に句を詠んでいた。昔は同じ組の方が亡くなるとみんなで手伝って葬儀をしたので、炊き出しにも行ったりと自治会での役割も忙しい時代だった。

祖母は九十歳まで生きた。嫁と姑は相反する時も共に協力する時もあった。父は早期退職の後ハンカチ工場を手伝っていたので祖母が寝たきりになった時、工場の休憩時間やお昼になると二人で帰ってきて祖母の部屋に直行し、父が祖母にまたがる形で脚を持ち上げ、母が用意してあったおむつをサッと差し替え、その後はお茶なりお昼なりを差し出して介助していた。私はいつの間にこんな連携プレーができるようになったんだろうと感心した。そして最期も二人が祖母の側に寝て、代わりばんこに起きて最期の時を見送った。嫁としては反省することも多かったのか「おばあちゃんが最期に『ええ嫁やなぁ』って言うてくれてん」と、そう言ってもらえたことに安堵したように母は私に言った。

ここの過疎化は随分前から始まっているが、日本の人口減少も始まっている。大きな町でも高齢化で買い物難民が社会問題になっている。公共機関もお店もなくなったこんな小さな村の最後はどうなるんだろう。自然に消滅するのか、村じまいをするのか。国道一六六号線だけは長い年月をかけて良い道になっている。そのため大阪、京都、奈良、和歌山ナンバーの車やバイクが伊勢や松阪方面へ向かって走っている。

夏に白樺林や落葉樹の木漏れ日の中を歩けるようなきれいな森でもなく、アルプス山脈のように雄大な雪山を眺めるわけでもない。山の頂から櫛田川の川べり近くまできれいに育った杉で覆われている。雨上がりに杉山の間を上っていく雲の動き、春には道沿いの桜、秋には泰運寺の紅葉や川沿いの落葉樹が一斉に紅や黄色へと色を変える。このひととき、一瞬プリンスエドワード島を思った事があった。「おや、まあ、ここも綺麗だったのね」だった。この山に囲まれた小さな集落へ帰ってくると、まるで自分が山に包まれたように自ずとエネルギーに満たされていく。そして「ありがとう」という言葉が自然に湧いてくる。もうしばらく、母の居る間は帰ってきたいと思う。

コロナを経て人の働き方も変わり、リモートワークが増え都会を離れて田舎へ移住する人が増えてきたようだ。でも田舎にも限界がある。波瀬は奈良県との県境の山奥で山以外何もなさすぎて若い人は生活できないと思うし、受け入れる人も高齢化しすぎていると思っていた。私も古い人間になりつつあるのか、世の中は信じられないことが起こってくる。飯高町の一番奥のこの波瀬に五世帯もの若い移住者がいると聞いて驚いた。来られた方々には彼ら流の山の生活を楽しんで欲しい。

戌年生まれの母はまだもう少し元気そうだ。

二〇二三年八月吉日

句、つれづれに

平成五年

彼岸花群れても僧衣は薄むらさき

廃校の一隅ひときわ紅葉燃ゆ

平成六年

さくさくと言葉少なく初詣

声かけ合い夫ら夜明けの雪を掻く

まろきもの侍らせて咲く水芭蕉

陽の光求めながらの日傘かな

蛍舞うガードレールの花となり

安らぎと励みと掌にあり夏茶碗

核家族集いて異国の秋を行く

大都会幼ら堂々運動会
秋の街はるばる古寺の宝物展

平成七年一月
御堂筋銀杏きらめくクラス会

平成七年二月
初釜の湯気しんしんと夢運ぶ
やさしさの本意はいづこに豆を撒く
三月の街に華やぐショーを賞づ
富士全景春光裾野の端までも
もののふの花に酔い来て辞書開く
野あざみのゆれて夕映え仕事終う
家具一つ出して部屋中夏座敷
立秋と云う日の万象乾きけり
十六夜の月が流れる濃く薄く

秋桜の槌音軽く屋根替る
門前の榧の老木天高し

平成八年一月
小春日の薩摩の波よ柔らかし

平成八年五月
携えて花の下ゆく伊豆路かな
兄弟姉妹で

平成九年一月
暖流のながれある地よ冬便り
初詣御僧は六百分の一を説く
童待つピアノは街へ春めきぬ
風そよぎ柳大樹の芽吹きかな
満開の花に人増す古都公園

京都の丸山公園にて
梅雨晴間娘らの留守宅開け放つ

平成十年
立冬や暖地に夢馳せ旅支度
一九九八年十一月オーストラリア旅行の前

平成十一年二月
お久しい友皆若く新年会
一九九九年一月十日丸一さん宅にて
立春や夢を拾いつ六十路かな
草萌えて小さな贅沢練ってみる
雨の夜の明くればいよよ百花増す
蕗の葉の大きく市電は可愛いけり
一九九九年四月北海道函館にて

平成十一年八月
土用というらしき日もなく過ぎにけり
この風にやっと馴れたり合歓の花
伝承の踊りよ踊らん体育祭
今日だけの雨に打たるる落葉かな

平成十二年
緑陰のミイラの眠り幾千年
名古屋博物館に於けるエジプト展にて
夏葱葉賜り楽しき夕餉かな
悠久の見返り佛や百日紅
京都、ふるさと文化講座にて
小さきもの見え来て木犀香りけり
柿菓子とお茶に憩えり城下町
松阪にて
寺紅葉笑顔重ねて眼裏に

口窄にて北川貞三十五日忌の歌

区民等の明けて十日の顔合わせ

正月十日初寄り

箕に入りし小猿が悪びれず豆を食う

良き言葉貰いて乙女の小正月

疾走の車中は無言春浅し

少年の春の便りが弾み居り

平成十三年春

二人居の豆撒くさまや優しけり

山寺の涅槃図拝して母しのぶ

桑原の彼岸会にて

ハンドルのさばき軽やか花の風

天使かと新樹の精かとわらべ佇つ

無器用に流れて余生も栗の花

東西の巨匠展賞づ梅雨晴れ間

盆客ら去りて二人居今日あした
二百余の女性の集い紅葉燃ゆ
囲炉裏火に話聞き入る脇本陣
十一月中山道にて

平成十四年
元旦の陽のある部屋の至福かな
直子の新宅にて正月を迎える

昭和のおりおりに
水着のあと消えぬ少女に秋祭り
父の留守景気づくかにひな飾る
温かきこと伝え来る夜長かな
我が紋章にありしかたばみの花に触る　妙
（昭和四十年代中頃、奥香肌俳句会にて賞を頂いた句）

「句、つれづれに」は今まで自分が詠んだ句を思うままに集めました。

令和三年　　前川タエ

著者プロフィール

前川 タエ（まえがわ たえ）

1934年（昭和9年）生まれ。
三重県出身・在住。
松阪高等学校卒業。
35歳より縫製工場を経営する。73歳、工場を閉じる。

こまった犬さん　はい

2024年4月15日　初版第1刷発行

著　者　前川 タエ
発行者　瓜谷 綱延
発行所　株式会社文芸社
〒160-0022　東京都新宿区新宿1－10－1
電話　03-5369-3060（代表）
03-5369-2299（販売）

印　刷　株式会社文芸社
製本所　株式会社MOTOMURA

ISBN978-4-286-25170-7